# UNDRLIATS

## GESCHICHTEN BILDER LIEDER

WERNER SPECHT

Idee und Konzeption: Werner Specht
Gestaltung: Werner Specht, Wolfgang Rosenwirth
Druck & Verlag: Schöler Druck & Medien GmbH, Immenstadt
ISBN: 3-925011-17-X

# Undrliats

## Zwischen Licht und Dunkelheit

Das Dämmerlicht mit seinen unwirklichen mystischen Farbstimmungen lässt Geschichten, Lieder und Bilder erwachen. Es ist ein Gegenbild zu unserer hochtechnisierten, immer gut ausgeleuchteten Welt. Auch seine Westallgäuer Mundart gibt Werner Specht die Möglichkeit, Zwischenstimmungen auszudrücken, die in der deutschen Sprache so nicht beschrieben werden können.

**Undrliats** – dieses Wort hat Klang.

**Undrliats** – wenn die Berge der Nagelfluhkette lange Schatten werfen und das Grün der Voralpenwiesen seine Leuchtkraft verloren hat.

**Undrliats** – wenn die Tür zu einem Schuppen ohne Fenster aufgeht, der einfallende Lichtkegel aber zu schwach ist, um klare Konturen zu erkennen.

**Undrliats** – wenn die Fichten im Wald sich in ein nicht mehr zu unterscheidendes Dunkel verlieren.

**Undrliats** – wenn wir mit unseren Sinnen mehr erahnen als wahrnehmen: „Ebbas g'schpiere" sagen wir im Allgäuer Dialekt.

Nicht nur Schriftsteller, sondern auch Sprachwissenschaftlern gehen davon aus, dass der Dialekt den Zugang zur eigenen Gefühlswelt erleichtert und mehr Emotionalität ermöglicht als das Hochdeutsche.
Werner Specht's Geschichten passen nicht in Schubladen, die man gemeinhin für Geschichten bereit hält. Sie sind „hald so wia's Leabe isch".
Wir neigen heute dazu, zu werten und einzuteilen in Hell und Dunkel. Lassen wir lieber so manche Geschichte im Halbdunkel – „undrliats"; damit bleibt Spielraum für das Bodenständige mit einem Hauch von Mystik, aber auch für menschliche, allzumenschliche Gefühle.
Tauchen Sie mit diesem Buch ein in die Dämmerstunde – sie wird vielleicht ganz andere Saiten in Ihnen zum Klingen bringen.

Ernst Vogt
Bayerischer Rundfunk

# Inhalt

# Märchen

An Zaubr us ra andre Wealt
in Kindrauge gmoled,
hond d' Schtern und dr Mond is i de Märchen
vom Himml abergholed.

Im Wolkeschloss in diefer Schtille,
wo d' Zit kuin Name hot,
do leabed dia Traumfigura
bei Wind und Sunnegott.

Do vrwached fremde Ländr
us ra rabeschwarze Nacht.
As git Vögl wo schwetze kinned
und an Bearg dear singt und lacht.

Doch isa Wealt hot kalte Summr,
wo as fir Märchen kui Gedanke git.
Als fremda Dromm im Schilf gebore,
schlofed se in ra ferne Zit.

Heid werred isre Märchen
vu Software produziert,
wo 's Kindrauge gierig
in an Bildschirm ie schtiert.

De Schtumpfsinn isrer Däg
im Rechner dinn vrschteckt,
wo Märchen ärmr werred,
fir Konsum und Gwinn entdeckt.

Doch d' Bluma hört mas sage
und dia ganz Märchenwealt:
„Mir dädet gern bei eich do bliebe,
wenn jemand do wär, wo vu is vrzellt."

# Do wo i dahui bi

A deam Ort, wo i dahui bi,
wachsed Bluma bis ans Hus,
schlofed d' Katza hind im Schtadl
und an Dromm vrbindet nachts dia Melodie.

A deam Ort, wo i dahui bi,
singed d' Vögl ihr farbigs Lied,
hörsch im Schtaal d' Küah no schnuufe
und as isch Platz fir Zit und Fantasie.

A deam Ort, wo i dahui bi,
wohned d' Schwalba unterm Dach,
kasch no Schnee und Reage gschpiere
und d' Schtern vrzelled Gschichta i dr Nacht.

In miener Arche am Wald
kinnt i manchmol d' Wealt umarme,
so viel, so viel ka sie mir geah.
I ka in ihr a Fuier gschpiere,
i bruch kui anders Land,
i bruch kuin andre Dag.

A deam Ort, wo i dahui bi,
zaubred d' Schtille mir a Wealt,
gschpier no d' Schatte, wenn 's Johr olt wird
und de Wind kehrt mien Weag bis her ans Hus.

A deam Ort, wo i dahui bi,
danzt Sunneliecht uf'm Dielebode,
hör i dia olte Treppa schwetze
und i de Winkl hockt d' Erinnerung.

# Kennsch du dia schnelle Däg

Kennsch du oh dia schnelle Däg,
wo d' Zit de Blick dir schtiehlt,
wo d' Hiesr dir de Buckl zoiged
und de Schwersinn in dir dinn
uf siener diefschte Soite schpielt.

Deas sind Kratzer i diem Leabe,
do learnsch, wo sich d' Sunne grad vrschteckt,
dass Kräha gar nia lache kinned
und 's Liecht de Schatte weckt.

Kennsch du oh dia schnelle Däg,
wenn 's Holz, de Rauch numm schmecksch.
wo d' Schtern dir nix meh sage kinned
und in dir nix Farbigs meh entdecksch?

Wenn dia laute Däg ins Laub nieschliefed
und d' Schtille sich im Hus vrschteckt,
d' Fealdweag gfrorne Schpiegl traged,
guck na, bevors a schnella Dag zuadeckt.

Kennsch du oh dia schnelle Däg,
wo d' Schtund kuin Platz fir Liedr loht,
wo Musik hörsch uf ganz vrschtimmte Soita
und sich dear richtig Klang numm finde loht?

Drumm loss vrgessne Bildr wiedr leabe,
dia schnelle Däg kasch ibral billig hong.
Vrsuch dia uifach Schproch zum finde
und ihre reiche Gschichta zum vrschtong.

# Ortshinweise

I woiß no, d' Bäs vu Münche war wiedr amol uf Bsuach bei is. I het se allad mit Dante a'schpreche solle und hochdeitsch mit re schwetze. Deas war de Grund, dass mir it so guat mitnand usskumme sind.

Deasmol hot d' Bäs no a Freindin mitbrocht, dia hot abr weitaus deas schänere Schriftdeitsch gschwetzt wie d' Bäs. Und weil se im Gegesatz zur Bäs an isrer Mundart großes Intresse zoigt hot und vieles was se it vrschtande hot, ibrsetzt hot welle, ho i se Diftlerbäs ghoiße.

Täglich war se mit 'm Bleischtift und 'm Notizblock im Dorf umanand. Wenn se bei irgend jemand, ob alt odr jung, ui Wort ghört hot, deas se it vrschtande hot, isch de Schtift und 's Buch zum Isatz kumme. Wie wit, wie lang und s'us no allerhand hot se wisse welle.

Us deam Grund war se fir mi Diftlerbäs. Bei am solche wissenschaftliche Schpaziergang hot se amol de olt Zacher troffe, de Obrdiftler vu Haldewang, do isch as zu folgendem Gespräch kumme.

„Grüss Gott, wohin? So uf Untrasried numm gondr. Do gond'r wohl uf Pfaffehofe nuss und ibr d' Schlengge nab. Do hetted'r abr ordele de nähr Weag gong kinne. Uf d' Schtoig nuf, beim Waltram hintere, ibr Haberang numm, uf Guntrasried nuf, vu do wär's nocher numm so wit uf Untrasried nab."

Diftlerbäs hot ganz vrwirrt glosed, und hot bloß no kinne sage: „Wie bitte, wie sagten sie soeben? Nach Untrasried nab. Das heißt doch hinunter, nicht wahr? Und vorher sagten sie numm, das heißt doch soviel wie hinüber. Wie erklären sie sich zwei verschiedene Vorwörter bei gleichem

Ausgangspunkt, gleicher Richtung und gleichem Ziel?"

De Zacher seit: „Do hond'r scheints it reat obacht geah. Z'earscht hoißt deas numm, vu do dana us golte und 's zwoite Mol vu Guntrasried us, hoißt's nab, weil's vu deat us beargab goht."

„Ach ja, ich verstehe. Liegt das Ziel tiefer, heisst es hinab und liegt es höher, dann steht das Vorwort hinauf."

„Deas isch it allad gseit. Dr Waltram dob, liegt ordele doba, ma seit abr it zum Waltram nuf, sondern zum Waltram hintere."

„Das ist erklärlich, sehen sie. Die Steig ist von hier aus zu sehen. Sie liegt vorn am Berg, der Waltram liegt weiter zurück und ist von unten nicht sichtbar. Das Nichtsichtbarsein, das Versteckstsein bezeichnet eben das Vorwort hinten. Das scheint eine ganz klare eindeutige Regel zu sein."

„Nix Regl, seahned ihr vielleicht ebbs vom Kienberg, dear liegt wit gnu dohind am Bearg. Abr as hoißt it uf de Kienberg hintere, sondern nuf."

„Entweder ist das die Ausnahme, die die Regel bestätigt, oder es spielt die Himmelsrichtung auch noch eine Rolle."

„Uf alle Fäll hoißt as bei is uf Kaufbeire ni, uf Münche ni und nocher kut's drauf a: Wenn's dr Donau zua goht, hoißt as allad nab, goht's abr wiedr nummwärts Russland zua, hoißt as numm bis uf China."

„Und wie ist es dann mit Japan und so weiter?"

„As hoißt uf Japan, nix nab, nix nei und nix numm, scho weage deam, weil ma gar it so wit goht."

„Das selbe läßt sich nun im Wesentlichen auf andere Himmelsrichtungen übertragen."

„Nui, nui, was denksch doch, schtell dr amol vor, du schtosch z' Haldewang dinn und luegesch russwärts. No hoißt as zersch amol 's Dorf hintere, nocher uf Seebach nusss, uf Pfaffehofe hintere und uf Hopfrbach nab. Und denn goht as nab bis zur Donau und vu det ab goht's bis zum Nordpol wiedr nuf."

„Also wieder eine Ausnahme, komisches Volk, diese Allgäuer." „Nui, nui", seit dr Zacher: „Ma muaß bloß deas richtige Gfühl fir dia Gegend hong. Und deas hot ma, wenn ma do ufgwachse isch odr lang gnua in dear Gegend wohnt. Denn ka ma deas numm, deas hintre, deas nuf, deas nusss und deas nab ohne ibrlege isetze."

# Dialekt

Er isch vu Drooge obr Wieler dahui
und er schwetzt, sit er schwetzt, Dialekt,
weil de Vatr und d' Muttr hond zu ihm gseit:
„Mit Dialekt, do isch alls so direkt!"

Wenn ihm amol ebbs it groted,
hond dia Wörtr a unheimliche Kraft.
Hochdeitsch sind fir ihn gsägte Brettr,
im Dialekt isch de Wald no im Saft.

Fir ihn isch as s' Leabe, d' Freind und 's Dahui
und mit Hochdeitsch deat er sich schwer.
Er ecked oft a, doch deas macht ihm nix us,
sien Dialekt dean gäb er nie her.

Ma seit uf Hochdeitsch klingts supr,
in Italienisch duats guat,
uf Englisch do isch alls an Hit.
Doch er schwetzt hald so wie bei is umanand,
vrschtoht man oh öfters mol it.

As war im Zug zwische Hamburg und Kiel,
do sitzt uiner ihm wiesawie
und noch a paar Wörtr, do lacht er ihn a
und seit: „Du musch doch vom Allgai si."

Er fangt a zum schwetze und vrzellt vu dahui,
Herrgott, dia Schproch duat mr guat!
Hochdeitsch raschlet fir mi wie a Zitung,
de Dialekt rauscht in mir dinn wie 's Blut.

Ma seit uf Hochdeitsch klingts supr,
Italienisch duats guat,
uf Englisch do isch alls so perfekt.
Doch er schwetzt hald so wie bei is umanand,
do isch drfir alls so direkt.

# Dief im Hearbscht

De Riefe lohts de Bluma gschpiere,
wie 's Bliehe doch so schnell vrgoht
und de Neabl wie a Schleier
ibr Feald und Wiesa schtoht.

D' Sunne hot ihr Kraft vrlore,
sie spitzlet blass vom Wolkerand
und as wandret Schattebildr
oige schtill heid ibrs Land.

Schtill wird d' Wealt, sie goht zum Schlofe,
ibr 's Meer a Schwalbe zieht.
Summrdäg ihr sind vrgange,
wie schnell sind ihr vrblasst, vrblieht.

Blättr kennets no it glaube,
dass se gong mend mit em Wind.
Summrlied du bisch vrklunge,
wo doch Däg so schä gwea sind.

# Seiteschprung

I schaff bei Gott scho zehn Johr uf ra Bank.
Wenn i deas no zehn Johr mach, bi i krank.
Doch bei de letschte Viehschoid kumm i druf,
mi Leabe brucht zum Leabe neien Schnuuf.

An Summr uf ra Alp wär 's Gröscht wos git,
mit Küah und Goissa ihrem Gloggeglit.
Kinnt melke, käse, hald alls mit dr Hand,
as wär fir 's Herz, it bloß fir de Vrschtand.

Z'obed wär im Hus dinn Fried und Ruah
und wie a Schtui schlof i em Morge zu.
I wär so z'friede i miem karierte Bett
und mit Hund und Katza schnarchled i um d' Wett.

Ohne Fernseh deat i d' Wealt no diefr gschpiere
und mit'm Uhreschla in Dreim mi dinn vrliere.
A uifachs Esse und kui Schtickle meh,
am Morge schtupft i 's Brot i de Kaffee.

Ins Dal nabgucke, wenn de Neabl schtoht
und z'obed d' Sunne hinda abe goht.
Do kähm mir sichr öfters i de Sinn:
Deas neie Lebe isch fir mi an Gwinn.

Viel Geald vrdiene frisst oh elend Zit,
dia beschte Johr sind zmol so wit.
De Weag vom Gfühl isch allad wiedr jung,
drum entscheid i mi fir dean Seiteschprung.

# Filmgeschichte

As isch schtill i dr Schtube uf'm Buurehof Schwaiger z' Hintrschtui. D' Bairin schtopft d' Schtrümpf und de Schwaiger liest Zitung. Am Ofe sitzt de Michl und d' Moni. Im Radio seit uiner mir bringed jetzt Wirtschaftsnoch...witr kut er it. De Michl dreht ihm de Krage ab. „I mecht wisse wean deas intressiert." Moni nickt und seid: „Guck doch amol, dass a Musik riebringsch." Do seid Bairin: „Nix, kui Musik, i will mi Ruah." D' Uhr vom Kirchturm schleit grad sechse, wia as a de Husdier klingled. „Jo wear kut denn jetzt no." Bairin macht uf. Do schtoht uiner mit am lange Mantl i de Dier. Er druckt glei ri. „Ahh... Wie ich sehe ist hier der ganze landwirtschaftliche Betrieb versammelt." Er schtellt sich vor als Filmproduzent Radensky und muit deas schleit jetzt i wia Bombe. Doch alls hockt regungslos do und schtarred 'n a, wia wenn er grad mit am Fallschirm vom Mond rab kumme wär. „Hallo Leute hört, ich habe die Absicht in diesem Urwaldgelände einen Film zu drehen." D' Moni seit zum Vatr: „I glaub dear schpinnt." I deam Moment goht dear Herr Radensky zur Bairin. „Sie sind doch die Chefin hier im Hause? Ich werde bei ihnen hier wohnen bleiben." Sia vrschrickt und seid: „Deas goht it."

„Was, das geht nicht, sie haben doch ein Schild am Hause: Zimmer zu vermieten." „Jo, im Summr, abr it jetzt." „Also Bäuerin, ich bin mit meiner Frau von Berlin bis hierher gefahren und sie wollen mich abweisen."

D' Bairin guckt hilfesuchend zum Bauer, doch dear gucked weg, er will dia Vrantwortung it ibrneah. De Radensky merkt sofort was los isch. Und ab deam Moment isch er scho do dahui. „Ich zahle ihnen für meine Frau und mich fünf Euro mehr für das Zimmer.“ Während er si Frou us'm Auto holed, seit d' Bairin: „Filmleit bei is, deas passt mr gar it.“ „Hettesch ihn hald it rielong“, seit de Bauer. „Dear hot mi jo gar it gfroged dear hot bloß riedruckt. Was soll i denn mache, er zahlt jo fief Euro meh. Jetzt hondr alle guat schweatze.“ Als Radensky dann seine Verona bringt, isch as i' de Schtube in Hintrschtui mit de Ruah vrbei. Sia vrdoilt Filmheftle mit Schtars in sparsamer Verpackung, dia oh 'm Bauer gfalled. D' Bairin setzt d' Brille uf und seid entrüschted: „Pfui Deifl dia sind jo ganz nacked.“ Doch 'n Bauer schtört deas it. Im Gegedoil, er schtreckt sien Hals wia 's Seeungeheuer von Loch Ness.

Radensky fühlt sich scho wia dahui und fangt a zum vrzelle, wia lang er scho beim Film schaffed. „Ich habe schon damals zu Hans Albers gesagt: Herr Albers, entweder sie lernen ihre Rolle oder es spielt eben ein anderer.“ Auch Verona machte er als internationalen Star bekannt. „Ach Hans Jürgen wir haben doch noch nichts gegessen“, sagte Verona. „Wir wollten doch noch ein Gasthaus aufsuchen. Es wird sicher bei euch nichts geben.“ D' Bairin vrhalted sich schtill. De Baur: „Jo vielleicht a Gsechlts und an Wisslacker. Radensky: „Was ist ein Geselchtes? Na ja, man kann es versuchen. Es muaß nicht immer Kaviar und Hummer sein.“ Auf das Essensangebot reagierte Verona mit den Worten: „Eure Tochter ist ein hübsches Mädchen. Wenn sie die Haare etwas zurücknimmt, sieht sie aus wie Alora Key.“ Sofort gab Verona ihr einen Spiegel und die Filmgeschichten fangen an zu wirken. Kurz darauf kommt die Bairin aus der Küche und sagt: „As isch Zit in's Bett zum gong, morge muaß ma um viere i de Schtall.“ Radensky meinte zu seiner Verona: „Wir sollten uns den Gesetzen des Landes unterwerfen.“ Sie dreht sich beim Bettgehen in der Tür zum Bauer noch einmal um und ruft ihm zu: „Buenos noches!" Drauf d' Bairin: „Jetz isch abr 's Moass voll, du olta Depp!" I de dunkle Nacht isch deas Burehus in Hintrschtui friedlich wia allad. S' Hus isch deas olte, doch d' Lit wo do dinna sind dreimed scho vu ihrem Film. I de Mädlekammr brennt no lang 's Liecht. Ma richted d' Hoor noch deana Bildr vu dr Filmwealt. De Michl liegt mit offene Ouge do und dreimt vor sich na: Herrgott mit solche Wiebr amol in's Bett gong. Sogar de Bauer schloft uriebig. D' Bäurin froged 'n a paar Mol: „Willsch was?" Nui, er will nix. Am Morge richted d' Moni a kerigs Frühschtück her. Worauf Bäurin seit: „Mach doch kui so a Gschiss fir dia

Filmbagasch." Um Mittagszit sind denn no meh Lit kumme. Sia hond sich vorgschtellt als Produktionsloiter, als Regisseur und als Kameramann. Sia wetted do huss an Naturfilm mache und as wär it guat, wenn se allad vor de Kamera rum danzed. Sia solled liebr im Hus bliebe. Radensky, dear sogenannte Filmproduzent, muaß d' Lichtschtänder und Blenda rumtrage. D' Bäuerin schtellt 'm siene Koffr vor ,s Huus und rechned 's Zimmr und 's Esse ab.

Am andere Dag isch d' Schtille i de Schtube 'z Hintrschtui wiedr dahui. As isch fascht no schtillr. Kuiner schwetzt meh ibr dean Film.

# Musiker sot ma it bscheiße

I glaub deas war vor ebba zwoi drei Wucha,
do goht bei mir zmol 's Telefon.
As war mei olta Freind, de Luggi,
hot gfroged: „Wie goht as dr denn so?"

„Moiers Xaver fiered sien Geburtsdag,
er hot mi gfroged ob deas bei is goht,
dass mir a bizle Musik fir ihn mached,
i glaub, dass dear sich gwieß it lumpe loht."

Mir hond fir ihn denn etle Schtunda gsunge,
Liedr, wo fir so ebbs passend sind.
Liedr, wo ma singt, wo jeda kennt,
als Opa, Vatr und als Enklkind.

'S Lokal deas war vom Allerfeinschte,
a Buffet, so was hosch no gar nie gseah.
Fir d' Musik denn dia große Iberraschung,
hots im Neabezimmr Brot mit Wiener geah.

Musiker sot ma ita bscheiße,
Musiker hond a großes Herz.
Oh Musiker bruched ebbs zum Beiße,
sie schpieled doch it bloß zum Scherz.

Beim Schtadlfescht detmols im Schwobeländle,
homr gschpielt vom zehne bis i d' Nacht.
Weil de Bürgermoischtr siaß is gfrogd hot,
homr Gage em Seniorenheim vrmacht.

Im Fernseah homr oh scho öfters gsunge,
hond gmuit, de Erfolg duet jetzt an Ruck,
doch gschwind druf isch dia große Show vrfloge,
deas uinzig war an warmer Händedruck.

Beim Musikfescht, do hind in Untrschleißheim,
hond d' Lit zwar klatsched, 's ka scho sei.
Doch wia ma mit 'm Hut fir d' Musik sammled,
do war bloß Kluigeald und oh Hoseknöpf drbei.

Mir wared schtundalang im hoiße Schtudio,
deatmols im Sender TV Drei.
D' Ibrnachtung hommr müsse selbr zahle,
doch pro Musiker war am Dag uin Kaffee frei.

Musiker sot ma ita bscheiße,
Musiker hond a großes Herz.
Oh Musiker bruched ebbs zum Beiße,
sie schpieled doch it bloß zum Scherz.

# Rotschtrumpfmaffia

Kariertes Hemd und rote Socke,
alls bloß nuf, kui Zit zum Hocke.
Große Rucksäck, rot und grie,
as druckt se schier in Bode nie.

Bei Enzian und Edlweiß
triffsch Mountenbiker hiefeweis.
Uf schteile und uf schmale Tritt,
'S Fahrrad deas muaß allad mit.

Beim Hittewirt im Brunzedobl
schpielt uiner uf am Fotzehobl.
Bis i de Frieh loht dear kui Ruah,
de Hittewirt isch oh scho zua.

Preiße, jo dia kennt ma guat,
sie traget an Luis Trenker Huat.
Am Gipflkreiz do singed zwoi,
'S Kufschteinlied isch oh drbei.

'S Dosebier isch bessr hong,
ma kas glei doba flagge long.
Und an am olte Schtadl da,
lond ui ihre Hosa ra.

Und hind beim Hans im Weattrhus
isch vu Lit de Käs scho us.
Ma vrmietet dia letscht Rumplkammer
fir Lit mit Pickl, Soil und Hammer.

Zuagong duats, ihr hond es gseah,
as git kui riebigs Plätzle meh.
Samstag, Sunntag isch dia Zit,
blieb dahui, wenns riebig wit.

# Huimatobed

Jo fir dia Freamde sotsch was dua,
so muit de Zeller Sepp vu Ried
und hot im Poschtsaal vu dr Gmuind
an Huimatobed arrangiert.

Grad ierdrucke duand die Lit,
de letschte Platz isch schnell vrkouft
und blutig hoiß wirds mit dr Zit,
'S Programm goht a und jeda sauft.

Zwoi Mädle ganz in Goldbrokat
jodled falsch um jeden Preis.
A Jäger schliecht vu hinda ri,
schenkt na a Edlweiß.

Reischlers Tone, a Genie,
schpielt uf am Glockexylophon
a zarte Ländlermelodie,
as schtimmt fascht jeda Ton.

Denn wird plattled, dass as bätsched,
sie danzed ihren Watschedanz
und 's Publikum wird iberrascht
mit am Sketsch vu Hubers Franz.

Jo Herrschaftsachsen goht deas zu,
a Bua goht Feanschterle bei dr Nacht,
zwoi andre lond ihm gar kui Ruh,
hond Kluiholz us dear Loitr gmacht.

Druf schpielt Bloosmusik mit Schneid
a Viecherei, de Holzknechtmarsch,
und 's Publikum duat grad wie wild,
deas isch a Gaudi, mi leckscht am Arsch.

# Mondkalender

Wenn zfriede wit durch ‘s Leabe gong,
muasch fascht an Mondkalender hong.
Dear seit, wenn d’ Zit isch Kuache bache,
de Garte oder d’ Holzbieg mache.

Ob sich ‘s Hoorschniede scho lohnt,
deas woisch alls, gosch noch ‘m Mond.
Losch d’ Nägl no a Woche schtong?
Wenn isch d’ Zit zum Doktr gong?

Wenn hald de Mond it richtig schtoht,
so manches Ding in d’ Hose goht.
Drum root i dir: Dur so an Kalender her.

Leg oh dien Urlaub ganz gezielt,
dass dir de Mond kuin Bosse schpielt.
Hot er a Liecht rum, ganz exschtrem,
bruchsch gwieß kui Sunnekrem.

Mien Zahnarzt hot zwoi Schtund probiert,
bis er am Schluss d’ Geduld vrliert.
„Dia missed russ, deas hot kuin Sinn!“
Noch ‘m Mond het i dia Zäh no dinn!

Wenn hald de Mond it richtig schtoht
so manches Ding in d’ Hose goht.
Drum root i dir: Dur so an Kalender her.

Ui Schtund beim Fenschtrbutze gweah
und no it durch dia Schiebe gseah.
De Kalender hot mrs denn vrrote:
A Woche schpäter wär as grote.

Mei Frau kinnt oh no ebbs vrzelle:
Sie hot grad Loible bache welle,
guckt kurz in de Kalender ni:
Scho sind se schwarz wie Neger gsi.

Wenn hald de Mond it richtig schtoht
so manches Ding in d' Hose goht.
Drum root i dir: Dur so an Kalender her.

Afange nimm i mir oh d' Zit,
wia d' Bäcker, Gärtner, gschäftig Lit.
Dia gucked wie de Mond grad schtoht,
weil do ihr Gschäft no bessr goht.

Doch vor ra Woche bei am Feascht,
vrzellt mr uiner 's Allerbescht:
Er macht Kalender noch 'm Mond,
no gar kui Gschäft hät sich so glohnt.

Us'm Mond het er sich nie was gmacht,
seit er, und hot reat drecked glacht.
Und sit deam Vrleger siener Gschicht,
hot dr Mond fir mi a andrs Gsicht.

# Berühmt si

Also jetzt amol a Frog? Amol ganz ehrlich, hond sia sich oh scho amol gwunsche richtig berühmt zum si.– So wie de Rockefeller oder de Mik Jagger. Also i mui jetzt so berühmt, dass d' Lit i de Früh scho beim Bäcker sia aschwetzed: „Sind sia jetzt it dear Berühmte oder die Berühmte.....?"

I woiß it ob sia de Egon Motz kenned. Dear hot oh allad deas Problem mit 'm berühmt si. Er isch im Kirchechor z' Marktobrdorf und ka es it vrschtande, dass us ihm kuin Heldetenor worre isch.

Abr wo se jetzt deas neie Hallebad baut hond, do hot de Egon Trainage glegt und devo war a Bild im Kroisblättle. De Egon neabe de Trainage. Dia Soite hot er sich grahmed und dia vollschtändige Usgab vu deare Zitung in Leader binde long. Und denn hot er drei Wocha lang kui andrs Hemmed azoge wie deas, wo er a'khet hot uf deam Foto, damit d' Lit ihn oh alle kenned. Und denn isch er jeden Dag d' Hauptschtross nuf und nab gloffe. Abr kuiner hot'n agschwetzt, it uiner. Noch drei Woche kut er wiedr in si Wirtschaft und seit zu siene Freind: „I sag's eich, wenn berühmt bisch, wirsch einsam!"

# Dr Adi mien Freind, de Busschoffeur

Als Kind hot ma oft so Dreim was ma schpätr werre mecht. Deas ändred sich aber moischtens. Doch bei meim Freind Adi isch alls in Erfüllung gange. Sien Herzenswunsch war allad Busschoffeur werre. Viel mit Lit zum dua hong und dia i dr Schtadt rumgutschiere. Leatscht Woche bi i in an Bus igschtiege und sieh i deam Moment, dass vorn am Schteier de Adi hocked. Ui Gedränge, ui Party, alle Lit beim Adi und i denk mr: „De Adi hot's gschafft." Do ho i mi vorträngled: „Entschuldigung! I muaß zu miem Freind, zum Busschoffeur, mir kenned is." Aber wia i mi durch dia letschte Roiha zum Adi vordrängled ho, hocked dr Adi einsam und vrlasse i siem Führerstand und dreht traurig a deam ibrgroße Lenkrad. Schtarred einsam vor sich na und i ho gwisst, de Adi isch traurig. „Adi, Adi, was isch denn los mit dir. Was vrschtecksch di denn hintr diem Führerschtand. Hosch it gseah dia Masse, dia Menge, dia Party. Du hosch doch allad gseit du möchtesch Busschoffeur werre, Lit kenne lerne im Puls vu dr Schtadt." Abr de Adi gucked mi bloß mit leere Auge a und zoiged mit 'm Finger uf a Schild neabe siem Kopf. Deas isch offenbar de Grund fir si ganzes Elend.

"Bitte während der Fahrt nicht mit dem Fahrzeugführer sprechen."

Deas hot mr zum Denke geah. Kindrdreim sind im richtige Leabe eher schwarz weiss, numm so farbig.

# Walzer Leabe

Viel mitanand in is vrgrabe
hond d' Johr is oigne Bildr gmolt.
Mir hond is dreht im Walzer Leabe,
hond fascht it gmerkt wie d' Zit vrgoht.

Mitnand hond mir dia Wealt empfunde,
mit wenig Wörtr is viel gseit.
Du hosch mi grettet in schwere Schtunda,
di Gsicht hot 's oigne Lache treit.

Mir wared duhui im Walzer Leabe,
hond is dreht fascht bis zum Schluss.
Doch untrm Danz, an fremde Takt,
dr Dod wars mit siem kalte Kuss.

Jetzt hock i allui, guck in a schwarze Tasse,
suach noch ra Melodie, dias numma git
und dean Walzer, dean mir danzt hond,
frisst de Neabl vu dr Zit.

# Natur

Trag mi wit weg, Summrobed,
fang mi mit diem Zirpe i,
loss mi heid in dir vrsinke,
mit em letschte Sunneschie.

Scho als Kind hosch du mi gfange,
diene Bildr sind in mir no nie vrblieht,
loss mi näh zu dir naschliefe,
wenn langsam d' Nacht ins Land ri zieht.

I mecht di schnuufe höre und danze seah,
mit am Takt, dear mir ebbs git.

I merk, wie bi a Kind i bliebe,
wenn i di in miener Nähe gschpier.
Deck mi zu mit diener Schtille,
wenn i mi amol in dir vrlier.

## Dr Fade

Dr Zoiger louft und d' Schtunda flieget,
dr Dag, dr Monat, 's Johr.
Uis ziaht deam andre hinda her,
uis louft deam andre vor.

Und i deam Kroise vu dr Zit
isch oh di Leabe bunde.
Was i de Fäde gschpunne liegt
sind alles diene Schtunda.

An Augeblick und Ewigkoit
vrbunde mit deam Fade,
a Geheimnis deas ma Leabe hoißt,
vo Liecht und Schatte trage.

Loss d' Gedanke wit vom Fade fliege,
loss di it traurig mache.
Gschpier 's Leabe dief, nutz jede Schtund
zum jung sei, dreime, lache.

Wenn d' Farba sich vrfärbet,
de Hearbscht im Leabe schtoht,
wenn um de Fade d' Neabl schpinned,
ganz schtill di Leabe goht.

# Dr Schnieder

Dr Schnieder, dear hot scho allad ebbs ibrig ghet fir de Schport. Scho vu klui a war er debei am Schpielfeldrand. Jo, dr Schnieder, dear hot se agfeired dia Fuaßballer. A richtiga Schportler hald. Dean hot nix vrtriebe kinne. De ganz Summr und bei jedem Sauweattr war er am Schpielfeldrand, im Schoope si Flachmändle und im Mundwinkl si Zigarillo. Und denn hetsch 'n erleabe solle, wia er sich igsetzt hot fir de Schport. Gschriee hot er, dass er ganz hoisr war. Jede Liega hot er uswendig sage kinne, dr Schnieder. Wenn dia erscht Mannschaft uswärts gschpielt hot, war er natürle debei als schtiller Betreuer. Uf de Schnieder hosch di vrlong kinne. Am Samstag Zobed d' Schportschau, do hot er kuine usslong. Schtundalang isch er vor de Kischte ghocked, war mit siem Schport vrbunde. Und jetzt uf uimol isch er numm. „Herzinfakt!", hot dr Doktr gseit, „zwenig Bewegung."

# Familienvatr

Am Montag bi i beim Adlerwirt,
moischtens simmr do zu viert.
Xaver, Ludwig, Fritz und i,
mir sind denn oh scho me' Lit gsi.

Am Dienschdag isch Prob vom Sängerbund,
dia goht denn moischtens zwoi drei Schtund.
Und schtoht a größers Feaschtle a,
hängt ma no a Schtündle dra.

Am Mittwoch do isch Keglrunde,
doa hond dia Richtige zemmetgfunde.
's goht it um 's Gwinne, um's Vrliere,
doch vom Schport kasch oh nix gschpiere.

Am Donnrschtag wird Sauna gmacht,
Witz vrzellt und drecked glacht.
Und denn an Woize zwischenei,
as kinnt doch niena schänr sei.

Am Freitag im Adler wiedr vreint,
triff i miene Schtammdischfreind.
Do goht as denn scho leabhaft zua,
bis wit i d' Nacht git kuiner Ruah.

Am Samstag bi i oh drbei,
d' Fuassballer schpieled um Rang drei.
Und hinda noch, deas muaß hald si,
kehrt ma im Fuaßballerhiesle i.

Doch am Sunntag! Doch am Sunntag!
Deas loss i mir it neah,
dear will i dr Familie geah.
Mir hocked alle gmietlich na
und gucked is de Tatort a!

# Gipflgeschpräch

„No so an Sonntag wia dr leatscht", seit dr Hohgrot zum Rindalphorn, „nocher dreh i durch! Dia hufe Lit! I sag jo nix, wenn uim hundert ufm Kopf rumdramplet, aber taused, deas isch uifach zviel." „Jo, do muaß i dir reat geah", muit 's Rindalphorn.„Und was mi am moischte ärgret, i ho allat no Kopfweh vu deane scheiß Schtöcklesschuah. Du kasch dr it vorschtelle, wia oft i mir scho gwunsche het, i wär so a richtiga schteiler Klettrberg, wo Schtuilawine abergond, wenn i mit dr Schtirn runzle." „Jo, deas wärs, abr do sind isre Hitte zwit dunda. Allad meh kummed afange, vu deana junge Vätr, mit ihre kindische Draggschtell, als wia wenn dia Bälg ou scho ebbs vu ra Ussicht vrschtande dädet. Leatschn hot uiner ufm Gipfl si Giege russzoge und hot La Paloma gschpielt, „die weiße Taube". Miene Bergdohle hond Dräna glachet!"

„Aber uis muaß ma deana Bergwanderer doch long, wenn se is oh am Sunntag so heargrichted hond", muit dr Hohgrot. „Dean herrliche Facklzug, dean se is am Obed no beschert hond, mit deane viele taused Liechtr."

„Aber deas war sicher unfreiwillig", moint 's Rindalphorn, „deas war doch dear Autoschtau bis noch Immestadt."

„Trotzdeam, ohne Bergwanderer wet i numm si", muit dr Hohgrot. „I ho mi scho so a sea gwehnt, ob uinzeln odr in Rudln."

# Viehschoid

„Du Xaver, i war doch leatscht Wuche uf dr Viehschoid z‘ Moierhöfe. I muaß sage: Verruckt! Do isch vielleicht dr Punk abgange.

Am Donnerschdag isch as losgange mit de Alpepartisane. ‘s Feaschtzelt gschteckt voll und d’ Wiebr hond glei uf de Disch danzed, butzvrruckt. I bi so zwische drei und viere hui gange.

Am nächschte Dag ho i Urlaub gnomme, weil do isch as glei mit ‘m Frühschoppe losgange. Und z’ Obed hond se nocher de Toni us Tirol igfloge. Dear hots oh wiedr kearig krache long. Glaubsch, Autos sind do im Mohrers Feald gschtande, wie vor de Allianz Arena z’ Münche. Deam si Wiese hot dear am nächschte Dag sichr numm kennt, dia hond se ganz schä zemmetgnudled.“

„Jo Egiede, und am Samstag bisch nocher oh no gweah bei deana fröhliche Mölltaler!“

„Jo deas kasch aneah. Bei ra Vieschoid - do bi i debei.“

„Und wenn war nocher dr Alpabtrieb mit de Kieh und de Alphirte?“

„Kui Ahnung, i ho gar kui Kieh gseah. Abr i muaß sage: So a Viehschoid isch scho a geils Event, deas sotted se öfters im Johr mache.“

# De Summr moled mir Bildr

Wenn alle Gräsr Träna hond,
vrwached schtill an Summrmorge,
am Haagpfohl glitzred 's Schpinnenetz,
a Wealt dief hind im Moor vrborge.

D' Sunne schliecht durch d' Fealdr ri,
'm Gucker hörsch si Lied.
D' Farba vrwached uf de Fealdr,
de Morge sich im Dag vrliert.

De Summr moled mir Bildr,
i ho se gseah, i ho se gschpiert.
Er schlieft an mi na und vrzellt mr si Lied.

Um Mittag rum liegt a hoiße Glut,
wenn d' Sunne mit de Luft vibriert
und de Summr zemmed mit de Zit
sich in ra Melodie vrliert.

De Wind schloft i de Bämm bis z'obed,
de Gschmack vom Hei iber de Fealdr schtoht.
Diaf im Himml segled d' Schwalba,
an Summrdag hind abe goht.

De Summr moled mir Bildr,
i ho se gseah, i ho se gschpiert,
er schlieft an mi na und vrzellt mr si Lied.

# Isa Allgai

Noch dr Donau und vor de Bearg,
so mippa dinn, it z' groß, it z' klui,
liegd a Land, 's isch oige grote,
Milch und Käs sind do dahui.

Vu Leitkirch, Memminge und Kempte
kusch noch Obrschtdorf und Hindelang,
noch Pfronte, Nesslwang und Füsse,
uf Sonthofe und Bolschtrlang.

Am Hohgrot, Rindalphorn und Grünte
glitzred bis in Summr Schnee.
Vu Schoidegg siesch vom Pfänderrucke
abe bis an Bodesee.

Wandrweag gond nuf uf d' Hütta,
Küah hörsch bimmle Dag und Nacht.
Und wenn d' Alperosa bliehed,
isch a Paradies vrwacht.

Trachteverein, Musikkapella
geabed isam Land a Gsicht,
lond in is Gedanke leabe,
was heid oft zu schnell vrbricht.

Wird isa Schproch oft it vrschtande,
sia isch doch wie 's Land so schä.
Schwetz Dialekt, du bruchsch di it vrschtelle,
a schtolprigs Hochdeitsch, deas duat weh.

Deas war a Rois durch isa Allgai,
an Gedankeflug, kasch mi vrschtong?
Hosch du oh a Fleackle Huimat,
vrsuch es uifach gern zum hong.

# ‘s Bier

‘s Vrdurschte isch deas Minschte schier,
wenn do dra denksch, no bruchsch a Bier.
Dear Pfaffe, wo hot ‘s Bier entdeckt,
vrdient no heid an mords Reschpekt!

Sogar d’ Germane honds scho kennt,
drum sind se bis uf Rom nabgrennt.
Allgaier und Preise sind sich uis:
Ma trinkt gern meh und it bloß uis.

De erschte Schluck deas isch dr Bescht,
an Neigl hoißt ma denn de Rescht.
Und wenn de Schaum schtoht iberm Kruag,
vrwatesch kaum de erschte Zug.

Wenn Fiebr hosch, an blöde Grind,
a hoißes Bier, deas hilft do gschwind.
Fir d’ Niere isch as bsunders guat
und bis ins Hirn nuf driebt as ‘s Bluat.

Wenn di am Sunntag schtrecke wit
und d’ Fliega hond ihr närrsche Zit,
schitt a Bierle in a Schissl ni,
denn suufed se, lond ‘s Fliege si.

Ischs uf am Feascht denn oige schee,
denn trinkt ma gern a bizle meh.
Und muaß ma sich denn ibrgeah,
ka ma zmol kui Bier meh seah.

Doch noch zwoi Dag kuts i dir zruck:
Jetzt an richtig kalte Schluck!
I vrschtands, ma ka jo nix defir,
weil bloß dr Dod vrdreibt deas Bier.

# Jeda kut und jeda goht

Wenn ma naguckt, wie schnell a Blume vrblieht,
wie ui Johr sich in taused andre vrliert.
Was isch alt, was isch jung?
Vom Bliehe zum Vrwelke
isch as moischtns bloß a kluina Katzeschprung.

Uf deam Sepiabild a dr Wand, vu de Johr scho ganz blind,
lachende Kindr, dia alle numm sind.
Iise und Holz, was heid no schtoht,
alls wird morge roschtig, fuul und vrgoht.

Jeda kut und jeda goht,
deas isch ebbs, was niemand vrschtoht.
An am Dag losch du los, schtill lieged diene Händ,
'S Liecht goht us in diene oigene Wänd.

A bizle Glick als Taschegeald kriat jeda mit im Leabe.
'S Schicksal dreht 's Karussell, as ka nemme, as ka gebe.
Wieso ka er bliebe, wieso muaß i mit?
Froga, fir dia as kui Antwort git.

Woisch no, wie du mir ins Poesiealbum gschriebe hosch:
Genieße der Jugend Stunden,
sie wissen nichts von Wiederkehr.
Einmal entschlüpft, einmal entschwunden,
zurück kehrt keine Jugend mehr.

Was isch, wenn sich 's Geschtern und 's Heid im Morge vrliert,
wenn de Hearbscht sien Vorhang zuzieht?

Jeda kut und jeda goht,
deas isch ebbs, was niemand vrschtoht.
An am Dag losch du los, schtill lieged diene Händ,
'S Liecht goht us in diene oigene Wänd.

# Du bisch wie a vrlasses Hus

Du bisch wie a vrlasses Hus,
'S Liecht isch in dir ussgange.
D' Gedanke wohned numm in dir,
d' Kälte hot di gfange.

As wuchered um diene Wänd
und 's Ukraut blieht im Garte,
leere Zimmr i dir dinn,
dr Dod ka di vrwarte.

Du bisch wie a vrlasses Hus,
zemmetdapped vu dr Zit,
kuiner will meh i dir wohne,
weil as viele solcher Hiesr git.

Du guckesch nuss zum Fenschtr,
wie as windet, wie as schneit,
doch as will kui Bsuach it kumme,
dear d' Wärme i di dreit.

'S Johr deckt di mit Schtille zu,
mit 'm Herzschlag bisch allui.
Erinnerung, dear olte Summr
isch Gascht bei dir dahui.

Du bisch wie a vrlasses Hus,
zemmetdapped vu de Zit,
kuiner will meh i dir wohne,
weil as viele solcher Hiesr git.

# Gedanke

D' Wolka, d' Bearg und d' Sunne
sind heid ganz vrschmiert.
Ho mit Luage und Gedanke
deas Bild im Kopf notiert.

I mecht in mir mitnemme
vom Summrdag a Schtuck.
Diaf in mir mechtn hebe,
so denk i öfters zruck.

Gedankewealt, in dir dahui,
Skizza fir di, fir di allui.

Dia schmale kluine Fealdweag
und d' Farba duss im Moos.
So vieles ho i gsammled,
i kumm numm drvo los.

Dia Bluma det am Simse,
oft aguckt bloß zum Bsinne,
si hond mir ohne Wörtr
so vieles sage kinne.

Wenns Kindrbild de Neabl schtroift
und d' Jugend vu de Zit vrblasst,
sinds Gedanke, dia fir di
deas alls zu Bildr fasst.

Im Schpiegl siesch wies wandred,
um is, do bliebt nix schtong,
Gedanke lond Erlebtes
in is dinn witrgong.

# Schtilla Winkl

Hintr am olte Schtadl,
johrwies scho vrschteckt,
isch a schtilla Winkl,
i hon 'en heid entdeckt.

Schpinnaböbba überziehnet
a Deichsl vu am Karre.
Fascht scho zuadeckt hinda da
schpitzlet russ a Pfanne.

Wie riebig isch deas Bleazle,
d' Johr gond dra vrbei
und alls kut zum Funkle,
schient d' Morgesunne nei.

Was soll denn do scho si,
a so am olte Eck?
Deas ka ma bloß empfinde,
'ʼs Erkläre hot kuin Zweck.

As git doch numm viel Schtella,
wo ma alls loht wies schtoht.
Dia werret allat rarer
und viel vom Schäne goht.

Dät mas usserkehre,
deas huimelige Eck,
wärs Schenschte vu deam Winkl
vu heid uf morge weg.

# 's Johr vrgoht

Am Waldrand bliehed d' Woidekätzle,
ma kas denn kaum vrwate.
Beim Eiegucke denksch fir di:
Bald bliehts ou scho im Garte.

Und wenn as blieht so Afang Moi,
do freisch die scho uf d' Rosa.
Dr Voglgsang dear isch so schä,
doch hosch kui Zit zum Loose.

Wenns Bluma ganze Händ voll git
uf de Wiesa und ums Hus,
do machet di scho d' Äpfl a,
d' Beer und d' Haslnusss.

Du dappesch uf de Schtupfla rum
an schpäte Summrdäg
und denksch an d' Zit am Ofe det,
wenn zuagschneit Feald und Häg.

Und wenns duss kalt und bissig isch
so um de Klosedag,
do wetesch, dass de Friehling kut,
wenns gäng, glei uf uin Schlag.

A Johr isch rum und d' Woidekätzle
am Waldrand wetesch seah.
Wieso jetzt au? Wie ka deas si?
Isch 's Johr scho wiedr gwea?

# Amideitsch

'S git kui Kartoffla, bloß no Pommes frites
Mädle und Buabe, deas sind jetzt Kids.
Dia minschte Gschicht isch scho a Story,
Manager schimpft sich de letschte Schnorry.

Wildlife and Shownight, statt Jägertee,
Bungeejump und Events am Freibergsee.
Z' Mittag und z' Obed gits Lunch und Dinner,
Action Weekends fir ekschtra Schpinner.

Solls wichtig und was Bsunders si,
sotted d' Wörtr hald in englisch si.

Vu Obrjoch bis Hintrschtui
durchwandred groove und Action jeds Prospekt.
Uf Dummdeitsch schtell i mir dia Froag,
Iisch deas jetzt scho dear neie Dialekt?

Dr Pfarrer Kneipp wird nei entdeckt,
weil Kneipp isch life 's Intresse weckt.
Ten to eleven gits allgäuweit,
mit zehn vor elfe wär oh alls gseit.

Solls wichtig und was Bsunders si,
sotted d' Wörtr hald in englisch si.

Oh z' Raveschburg bei Media,
schtoht a de Radios Receiver da.
Im Citygarte Quick Lunch ab acht,
z' Kempte hond se a Big Box gmacht.

As kut afange isa Schproch
vrsalze mit Big Macs, zahlucked doher.

Wieso muaß alles englisch klinge,
wo 's in isrer Schproch viel schäner wär?

Drum vrschteck di it, schtand vorna na,
gib de Wörtr wiedr ihren Sinn.
In ra Knödlsuppe sind Knödl
und kuine Flädle dinn.

# Huimat

Je witr i vu dahui aweg bi,
um so diefr hocksch du i mir dinn.
In am fremde Land, in vrlorene Däg,
krieht deas Wort „Dahui" so viel Sinn.

D' Auge lerneds vrschtong
im dunkle Kloid vu ra Schtadt.
Du schpiersch deas Fuier,
wo ma in dir dinn hot glegt.
I de lange grade Schtroßa, Hus an Hus,
loufed Gschichta vu dahui in mir dinn us.

I sieh vor mir dia Hiesr am Rui,
wie de Obed d' Wealt riebig macht.
Doch um mi rum dia Liechtr, die Schtadt,
wos kuin Wechsl git vu Dag und vu Nacht.

Im Urwald vom Leabe
vrliersch diene Gfühl,
's kalt Liecht frisst sich dief i di nie.
Doch i sieh iber mir
dia gwirblede Wolka no zieh,
die mir saged: 's Dahui vrgisch nia.

# ’s Grüß Gott uf ’m Land

Mir loufed am Sunntag Nommidag uf am Fealdweg. Dia zwoi Lit, wo is entgege kummed, starred is so a, dass ma muine kinnt, die kenned is womöglich. Und so saged mir a freindliches Grüß Gott. Doch jetzt schtrecked dia plötzlich d’ Köpf i de Bode und gond wortlos vrbei. Ma dreht sich no noch deane um und ärgert sich. Deas soll mr a Lehr si! Do kummed scho dia Nächschte mit Kind und am Hund. Abr deas wois i gwieß, uf an Gruss kennet dia bei mir jetzt it reachne. Wia se so drei Metr bei is sind, gucket mir schtur gradus, aber was duand dia? Dia grüßet uns mit ra Herzlichkoit und sogar d’ Kindr schtimmet mit ei. Mir kennet grad no a vrleages Grüß Gott ruspresse. Dia nächschte funfhundert Metr isch as uns it reaht wohl. Druf kut a Familie mit am kluine Kind. Deas winkt is scho vu aller Wite. Mir winket zruck und wia dia Lit merket, dass mir ihren Nochwuchs nett findet, mached se mit is au no a kluis Schwätzle. So uifach isch deas! Jetzt kummet no zwoi ältere Dame, scheinbar hond se so a wichtige Untrhaltung, dass se is gar it sehned. Nui, do derfsch it schtöre, bloß kuin Gruss! Dia Nächschte wo is entgege kummet, sind elegant azoga und hond a nobls Grinse ’m Gsicht. Dia hond wohl oh no nix ghört vu de Voralpenländische Grusspflicht. Dr Nächscht grüßt mit am knappe „Tach“ und so wird er oh vu is abgfertigt. Ma ka jo viel gege a Schtadt hong, aber ui Guats hot se: Ma ka sich hunderdprozentig druf vrlong, dass ma vu niemand grüßt wird und dass ma selbr it grüße muaß.

# Mien Äpflbomm

Sit i uf dr Wealt bi, schtoht in isam Garte an Äpflbomm. Als Bua bi i scho in 'm rumkheatzed. Vu isam Fenschtr us sieh i mit ihm 's Johr vrbeizieh. Im Friehjohr, wenn dia erschte Blättr sich zoiget, muit ma grad, si Krone deat uf deas junge Ziag ragucke wo do scho russpitzlet, ob deas ibrhaupsch was wird. Woche schpätr kut langsam Leabe i de Bomm. Ganze Hiefe vu rosarote Blieta vrziered 'n. Biena drucket na, als wie wenn se an Betriebsausflug hätted. D' Blättr im Wind raschlet und drehet sich luschtig um ihre Schtengele. Kut a Gwittr, schtreckt er siene Äscht ussnand, dass de Blieta jo nix passiert. Us deana Blieta werred Äpfel und si Lascht druckd 'n abizele zemmet. Wenn dia denn hund sind, fangt as scho a hearbschdele. D' Blättr sind riebig und schtill, kui Blatt gucket deas andere a, alle wend ihr Ruah hong. Langsam fanget se a gealb zum werre. Kalt wird's, d' Neabl ziehned jetzt oft durch de Bomm und ganz seltsam riecht d' Luft. Manchmol scheint d' Sunne goldener wia im Summr. Do schtreckt er sich i de warme Schtrahla. Aweng wehmietig gucket er de Blättr noch, wia se abedanzed uf de Bode. Wenn nocher de Schnee a wisse Decke ibr'n zieht, schloft er i, am neie Summr entgege. Wisse wett i bloß, ob dear vielleicht was dreimd?

# Dr Schteier Willi

Sie, i trau mr's jo fascht it zum sage. D' Lit schwetzed it grad guat ibr Wimmbichlers, bloß weil se an Finanzbeamte i de Familie hond. De Wimmbichlers Willi krieht beim Wirt it amol me' a Bier, bloß weil dear grad sien Schteierbescheid krieht hot.

Gottseidank sind mir mit 'm Willi bloß iber sechs Ecka vrwandt. Aber i woiß no gut, wie mir erfahre hond, dass de Willi in's Finanzamt goht. Tante Resi hot drei Dag lang bloß bleered und de Opa hot gmuit er het doch oh was gschieds werre kinne, an Doktr oder an Rechtsanwalt.

Immerhin hot sich rusgschtellt, de Schteier Willi hot sich iber Getränke- und Brandweinschteier hochgschafft und vu siem Schef sogar amol fir siene gute Loischtunga a Woche Urlaub gschenkt krieht mit dr ganze Familie. Also bei is im Dorf isch de Schteier Willi ansehensmäßig ersch richtig ufgwertet worre, wie er letschtes Johr zum Hundertjährige vom Schützeverein uf siem Home Computer a schteierlich einwandfreie Schpendequittung entworfe hot. Deas Schützevereinsfeascht war uf alle Fäll an finanzelle Volltreffer. I derf kuine Zahla nenne. Bloß so viel, alles ganz gemein gemeinnützig und drum ou schteierfrei. Und iser Schteier Willi war it bloß Kassier im Feschtzelt, er wird jetzt au no Kassewart im Schützeverein, weil flinke Fingr hot er scho allat ghet, de Schteier Willi.

# Boichls Xaver vrzellt am Stammdisch

## Uf Amerika

Wia er mit'm Schiff vor vierzg Johr zua siener Schweschtr noch Amerika gfahre isch, do hot ma no it so viel Schriebe-rei mit de Behörde gheat. Do bisch bloß uf 's Rothus gange und hosch beim Gmuindsschrieber, 'm lange Ritschi, a Untrschrift gholed. Deatmols hot mi de Ritschi gfroget: „Wo wit denn na fahre?" „Uf Amerika." „Jo scho, abr i sot 's Land wisse." „Uf Massachusetts." „Wona?" „I ho doch scho gseit uf Massachusetts." „Wieso wit grad do na, jo wettesch it liebr an an andere Ort?"

## Vränderung

Der Ui, der hot a Freindin ghet, a herzigs Mädle oige nett. A jeda seit deas isch a Paar, so lieb wia lang scho kuis meh' war. Dia zwoi dia hiered, werred ältr und wia ma woiß oh aweng kältr. Zmol merkt dear Sell wo dia vrdwischt, dia schwetzt fei oft an rechte Mischt. Jetzt denkt er noch und frogt sich bang, hot dia deas eigentlich scho lang? Und plötzlich wird as ihm ganz klar, dass friehr deas genau so war. Bloß hot er's detmols andrsch gseah, wo er no jung vrliebt isch gweah. Dear Sell, sus nichtern, kühl und drucke, muaß folgende Erkenntnis schlucke. Wenn us am junge, nette Gsicht, a lieba Mund an Blödsinn schpricht, freit ma sich no und find deas drollig, earscht schpätr dunkts uin blöd und bollig.

# Uhremacher

A Uhremacher hot amol an olte Wecker usnand gnomme. Hot'n abr numm zum zemmedbaue brocht. Do hot er dia ganze Uinzldoil packt, hot se in a Eck niegschmisse und hot gseit: „Mir wär liebr i het nix glernt."

# Bschtellung

Do hot sich in ra Dorfwirtschaft an Gascht beschwert, dass dia bschtellte Regensburger Würschtle so arg klui seied. „Sinds froh", hot de Wirt gseit, „in ra kluine Wurscht isch lang it so viel Dreck dinn wia in ra große."

# Glückliche Eltern

„Schtelled sia sich vor, Frau Moier", seit d' Frau Woizenegger, „mi Sohn, de Rudi, isch weage guter Führung vier Monat friehr us 'm Gfängnis entlasse worre."
„Jo was", seit Frau Moier, „was sia fir Freida mit ihre Kinder erlebed."

# A guats Gwisse

In ra Wirtschaft sitzed zwoi Rechtsanwält bei am Friehschoppe und beschpreched zwoi schwierige Fäll. Weil se sich abr it einig sind, frogedse d' Bedienung, ob de Wirt vielleicht a Bürgerliches Gesetzbuch het. Noch ra Wiele kut Bedienung wiedr und seit: „De Wirt nimmt dean Wi oh so zruck."

## Z'schpät dra

Vu Lindeberg hond Zwoi uf 's Gricht noch Kempte miaße. Uf de Vorladung isch gschtande: pünktlich um elf Uhr. Jetzt wared se a bizle schpät dra und so hot as schnell gong miaße. As isch abr guat gloffe und so wared se scho um dreiviertl Elfe dana. Do hot dear Ui zum Andere gseit: „Wenn i deas gwisst het, daß mir z'frieh dra sind, het i miene Schuh no dahui bunde."

## So sind se

De Pfarrer vu Maria Thann isch uf am vrbotene Weag ibr a Wiese gange. Do hot de Baur ihm nochegrufe: „Machsch it glei, dass russkusch, sunsch schlag dr d' Fiaß ab, nocher kasch mit de Schtumpe hui loufe, du saukähla Siach!" De Pfarrer hot sich entschuldigt, er wär ganz mit siene Gedanke beschäftigt gwea. Druf seit de Bauer zua ihm: „No jo, drum ho i's dir oh im Guate gseit."

## Kroiskrankehus

Z' Lindeberg froged a Freamda an Ihuimische, wo 's Kroiskrankehus sei.
„Kroiskrankehus, Kroiskrankehus, deas ka it schtimme, isre Krankehiesr sind alle viereckig. Was sia muined deas isch's Gaswerk, deas isch rund."

# Aktien

Miene Finanza hot's vrschittled,
a de Börse hot as kracht.
Do ho i us miene Aktien,
de Kindr no an Drache gmacht.
Denn bi i mit na nusss uf's Feald,
wo a keriga Luft isch gweah.
Do ho i denn miene Aktien,
no amol richtig schteige seah.

# Huiweag

Am Neijohrsdag isch as gweah. Do hot Kotze-Michl Bier, Wi und Schnaps alls durranand gsoffe. Uf 'm Huiweag isch 'm schließlich deas ganze Ziag us'm Gsicht gfalle. „Reacht hosch Michl", hot de Xavere zua ihm gseit, „uf dia Art schonesch 's Fiedle."

# Schneckehus

Ma sot so wie a Schnecke,
a kluis Hiesle hong.
Denn kinntesch wenn di ärgresch,
d' Hörnle izieh und ihegong.
De Ärgr wear uf uin Deatsch weg,
was duss passiert scheart di an Dreck.
Bloß:
Wenn uiner uffedapped, bisch hald weg.

# A schlechte Brille

In ra Wirtschaft isch d' Wirtin an am Disch ghocked und hot Zitung glease. Plötzlich seit se: „Dia scheiss Brille. Nix siasch meh, i wirf se nächscht Wuche in d' Arge." A olta Schnäpsler am Neabedisch seit druff: „Abr durr se vorer it ra."

# Auskunft

Noch am Musikfeascht z' Lindeberg hot ma amol a Wieble gfroged, wie's re gfalle het. „Jo mei, as isch abizle komisch gwea. Z'ersch hond se mit de Trompeta gröled und pfutzged. Und nocher hond se so fein dong, wia wenn a Maus in a Pfanne biesle dät."

# Huimatglocken

Kennst du das Tal im Alpenglühn,
wo abends rot die Berge blühn,
und Silbereisens Frühlingsfescht
im Schmalztopf nichts mehr übrig läßt.
Wos alte Lied so traurig schallt
und von den Bergen wiederhallt.

Wo die Musik so golden klingt
und dir den Huimatfrieden bringt,
wo die Musik so golden klingt
und Huimat in die Stube bringt.

Man sieht auf hohen Bergeshöhn
Hans Hinterseher, blond und schön.
Im Playback jodelt Franzl Lang,
der Abend träumt am Sonnenhang.
Und 's Kirchlein in der Sonne Schtrahl,
tief unten dann das stille Tal.

Die Klostertaler in Schnee und Eis,
singen weinend vom Edelweiß.
Es blickt mit seinem Wanderstab,
Patrick Lindner ins Tal hinab.
Die Zither weint, der Wildbach rauscht,
der Jäger still das Wild belauscht.

Wo die Musik so golden klingt
und dir den Huimatfrieden bringt.
Wo die Musik so golden klingt
und Huimat in die Stube bringt.

# Kässchpatze

Kässchpatze sind im Allgai dahui,
ma isst se in Gsellschaft, selten allui.
Und fir so a Easse im Allgaier Schtiel
bruchsch zum Koche gar it so viel.
Uf alle Fäll bruchsch dean richtige Käs,
olt sot er si, saftig - it räs.

A Mehl bruchsch, a Wassr, a Salz und a Oi,
fir meh Lit vrschtoht sich, nimmsch zwoi.
Denn machesch de Doig, losch 's Knete si,
sus bringschn beim Hobl i d' Löchr it ni.
Durr it so gschutzt, bisch 's Schpätzle it gwehnt,
wirds it lang daure, do vrlameder d' Händ.

Isch dr Doig z' dünn, louft er dr nab,
denn kriesch i de Hafe an grausige Bapp.
Isch 's Wassr hoiß und dr Doig dear schtimmt,
denn losch es koche, bis alls oba schwimmt.
Jetzt dauchsch mit ra Kölle vorsichtig i,
nimmsch a Schicht Schpatze, griebene Käs zwischeni.

Schtrei de Käs vorsichtig, sus kinnt as si,
du kriesch i d' Schpatze kerige Bolla ni.
Hosch alls ufgschichted bis a de Rand,
mischlesch nommol alls kerig duranand.
Am Schluss decksch mit braune Zwiebl alls zua
und du wirsch seah, allna schmeckts,
kuiner krieht gnua.

## 's Land in dir

D' Schläg hond ihm diefe Wunda grabe,
's Schicksal hotn oft scho bsuacht.
So hot er 's Glück im Dromm dinn gfunde,
fir etle Schtund si Wealtrois buacht.

Er seaglet ni mit zuene Auge
und sieht trotzdem elend wit.
So leicht, glücklich und oh zfriede,
befreit vom Schicksal, weg vu dr Zit.

A farbigs Land mit blaue Bluma,
an Garte vu Gedanke gweckt.
Liecht und Schatte hond sich gfunde,
a Wirklichkoit im Dromm entdeckt.

So isch si Sehnsucht schtillr worre,
denn alls was drieb war isch vrschwunde,
er hot vrbunde mit am Dromm
d' Wealt in sich seall wiedr gfunde.

## Schwalbeneascht

A Neascht voll junge Schwalba
hond mir im Schtaal hind gseah,
sie sind sit etle Johr
scho numma bei is gweah.

Sie schtrecked ihre Schnäbl
wit usm kluine Neascht
und bringt ma ebbs zum Fresse,
isch jeds mol a mords Feascht.

Traktor und Ladewage,
dia lond die Vögl kalt
und wenns oh no so kähl duat,
sie pfiefed durch de Schpalt.

Drumm mach as wie die Schwalba,
hosch a kluis Neascht fir di,
wenn d' Wealt oh no so lärmed,
vrsuch dinn zfriede si.

# ‘s Weattr

As soicht jetzt fascht scho vierzeh Däg,
deas isch deas Dief vu England her
und i de Schwiz am Alperand,
do hanged Wolka schwarz wie Teer.

A Schtörung kut vu Frankreich rum,
wo bis zum Obed is erroicht.
Deas hoißt, dass as ganz gwieß
dia nächschte Däg no witr soicht.

Denn rießt as d’ Wolka wiedr uf,
as tröpfled so vu Zit zu Zit,
bis denn an Wind kut us Nordwescht,
dear bringt denn wiedr Reage mit.

Dear hebt sich aber it so lang,
weil d’ Wolkeschicht nix durre loht,
und noch ra Nacht mit Blitz und Donnr,
in Nieslreage ibergoht.

Denn druckt a neie Weattrfront
vu Schtuttgart bis ins Allgai ri
und mit Hagl und am Schturm
gits vorerscht wenig Sunneschi.

As duat glei wiedr elend zu,
dass ma d’ Bearg scho gar numm sieht,
d’ Sunne vrschteckt sich hintr Wolka,
doch merkt ma, dass se Wassr zieht.

Und i dr Nacht kut denn a Dief,
wo bis z’ Mittag bei is itrifft
und ‘s Weattr do bei is beschtimmt,
so dass as wiedr richtig schifft.

As letsched, schnellt, blitzed und zocked,
's Weattr schpielt heid ganz vrruckt
und dia schwarze Wolkeballa
werred bis an Bode druckt.

Petrus - Männdle du do doba,
gib doch endlich amol a Ruh!
Andre kinntet 's Wassr bruche,
dreh ibr is de Hahne zu!

# Gedankeflug

Wenn d' Wealt wiedr amol a mi naschlieft
und d' Sunne ihre Schtrahla vrschenkt,
mi de Morge mit große Auge aguckt
und in andere Gedanke lenkt.

Denn wirds mr klar, dass a Lied, a Gitarre,
als amol zu Äsche vrbrennt,
wie an Kindrdromm, dean de Wind wegtrage,
hot alls zu schnell a End.

I ho wie du oh miene Wünsch,
dr Wealt deat as bessr gong.
As gäb kuin Hungr, weniger Träna,
d' Lit deated nähr zemmetschtong.

I sieh dia Rosa am Vrbliehe,
d' Schwalba schriebets i de Himml ni.
I ho kuin Ifluss, kas it lenke,
drum vrsuch i so fir mi.

I mecht mi Leabe a so leabe,
wie wenns dia letschte Schtund jetzt wär
und i kinnt denn zu mir sage:
As hot sich glohnt, gäb nix drvo her.

I vrsuch deas Gfühl zum finde,
deas Mosaik vom Leabe vrschtong,
dia kluine Schtuinr zemmettrage
und so a Bild entschtande long.

I ho dia Klangmuschtr wiedr gfunde,
am Morge wenn dr Dag vrwacht.
Drumm kinnt i kuin Film vrtrage,
wo usm Gfühl an Dromm bloß macht.

# Vrsicherung

Deas Wort „Vrsicherunga" i muaß sage,
ka it jeda glei vrtrage.
I kinnt se alle zemmet misse,
moischtens isch ma eh bloß bschisse.

Vrsichere kasch alls was wit,
's Auto, 's Hus und sogar d' Lit.
Doch goht dr wirklich amol was hie,
ischs beschtimmt deas Falsche gsi.

Letschtn kumm i zobed hui.
Kaum a Schtund bi i allui,
do kut uiner uf an Bsuach.
Gschwetzt hot dear as wie a Buach.

Er muit, mit deam bissige Hund im Garte,
sot ma numma länger warte
und er git mr zum vrschtong:
Ma sot deas Dierle vrsichere long

Vrsichered gsi und ab dear Schtund
gits kuin brävere als isa Hund.
Kuim Mensch hot dear Siach was dong.
Zu was ho i dean vrsichere long?

Er isch bloß no vordussa ghockt,
gar nix hot dean Kerle gjuckt.
Amol do honen sogar gseah,
hot er am Fremde 's Pfötle geah.

Doch letschn, wias dr Deifl ma,
schpringt er uin am Haag da a
und mit am Schnapper und am Biss,
hot deam si Kittl etle Riss.

As duat mr loid,
i ho 'nen numma kinne hebe,
doch uis beruhigt mi:
Mit dear Vrsicherung bi i wiedr ebe!

## Frühlingsfescht mit Silbereisen

Im Fersehblättle ho i gseah,
heid dät's de Silbereisen geah.
Neigierig weil 'n bsunders ma,
schalt i hald dean Kaschte a.

In Leibniz d' Halle gnudled voll
und d' Lit dia findet alles toll.
Dr Silbereisen vrzellt an Witz
und 's Puplikum haut's fascht vom Sitz.

Bei alle Schpäßle wird jetzt klatscht
und ibr alls was er so quatscht.
Muit ma, deas war an Witz a deare Schtell,
denn lachet se uf alle Fäll.

Oschtrhäsle in Leadrhosa loht ma jucke,
do muasch scho zwoi mol abeschlucke.
Heino, Marianne, Michael sind siene Gäscht,
bloß gute Schtars zum Frühlingsfeascht.

Denn goht er no in's Puplikum
und bussled a de Wiebr rum.
Und jetzt wo alle lached kut's mr vor,
bloß i allui ho kuin Humor.

# Zruck zum urige Landleabe

I dr letscht Zit trifft ma allad meah Lit, dia sich an Burehof kouft hond odr grad uin suched weil se uifach's Schtadtleabe satt hond und z'ruck zur Natur zum uifache Leabe wend.

Wenn ma aber näher nochfroged, schtellt sich russ, mit ra Landwirtschaft hond se nix im Sinn.

Kiah, Schof odr Henna ? Um Gottes Willen! Immrhin hond se nix degege wenn ihr Nochbur a echta Baur isch und au solche Viechr hot. Im höchschte Fall käm a Pony für die sechsjährige Anke in Frog. „Damit sie in die zukünftige Rolle als Gutsbesitzerin hineinwachsen könnte." Jetzt hot dia ganz Sach bloß uin Hoake. Je schicker d' Gegend, um so deirer sind oh d' Höf. Also muaß ma uf irgend a Hintrland uswoiche. Billig, sind dia Hiesr au do it, abr billiger. As sot jo no a bizle a Geald ibrig bliebe, dass ma hindanoch no kehrig uf'n Putz haue ka.

Ma hot also deas Passende gfunde, und dass au alle sehnet, was ma us ra gschickte Hausrenovierung mache ka, hot ma a kluis Einweihungsfeaschtle geah.

Italienisch gfließte Böde mit ra Fuaßbodeheizung. Us 'm Schtall isch a altdeitsche Drinkschtube worre. D' Sauna isch i de ehemalig Futtrkammer und us 'm Kachlofe isch an offene Kamin fir 's Arbeitszimmr vom Hausherr worre. Neabe de Hintrglasbildr hanged a Zithr. Sia gucked a bizle ibern Rand russ, dass ma se it ibersieht. „Ah, dann lernt also ihre Anke Zither spielen?"

„I woher denn, die schteht nur zur Dekoration, ein Gelegenheitskauf. Urig, gell?" Außerdem urig sind au d' Heigabla, d' Sensa, d' Dreschflegel, d' Wagerädr, dia iberall a de

Wänd rumhanged. Sie erinneret dezent a dia schwer Arbat vom Vorbesitzer. A kindrlosa Witwer, dear sien Hof vrkouft hot und zu siener Schwester ins Niedrboayrische zoge isch. „Stellen sie sich vor", sagte die Hausfrau, als der Schwager einen Dreschflegel betrachtete, „mit diesen Dingern sollen früher die Bauern ihre Dienstboten zur Arbeit angetrieben haben, wie finden sie denn das?" „Brutal ist gar kein Ausdruck," antworted er und schtellt si Cocktailglas wiedr uf dia Truhe vom 16. Jahrhundert. Heinos Volkslieder und dia Zillertaler us de Schtereoanlag vrbreiten urige Schtimmung. D' Gäscht traged boayrische Tracht, Leadrhosa und Dirndl wia sich's g'hört. Bloß uiner hot an schwarze Azug a, deas isch a gwißa Anton Glashauser, a olt igseßena Nochbur vom Gaschtgeaber. „Ein ganz uriger Typ", wie die Gastgeberin ihrem Schwoger zuflüschtred.

„Deas wenn dr olt Lehnerbauer no vrleabt het", hot de Anton allat wiedr vor sich hi gseit.

Wär wohl dr Vrschtorbene ibr dia Vrwandlung vu siem Hof volla Zorn odr außr sich vor Freid.

## Dr Obrlehrer Grasser

Kenned ihr de Obrlehrer Grasser vom Gymnasium z' Kempte. Dean hot as doch leatscht Woche mit'm Fahrrad dearmaßen uf Gosch ghaut weil 'm de Hund vom Doblwirt in d' Schpoicha vom Vordrrad grennt isch. Jetzt hot er vier Däg kui Schual me' halte kinne. Zwoi Buabe us siener Klass sind geschtern zum Doblwirt gfahre und hond de Berry gschtreichled.

# ‘s Schränkle

Mir sind amol noch Kempte,
in a Gschäft, wo alles hot.
Dia hond dean super Schrank ghet,
wo i dr Zitung schtoht.

Profi-Mit, Profi-Mit, Profi-Mit der Hit.

Er war glei vorna dana
und it zum iberseah.
Wenn ‘n kaufsch, war dana gschtande,
kasch no an Schtuhl mitneah.

I war a bizzle skeptisch,
doch schließlich hon en gno,
weil de Vrkäufer gseit hot,
as wäred numm viel do.

Uf dr Schachtl do isch gschtande,
dass deas a jeda ka,
deas Schränkle zemmet baue,
dean schtell mr heid no na.

A do, dia Bauanleitung,
gib mr se amol rumm.
Soll denn deas der Schrank si,
uf dr Zoichnung kennsch dean numm.

Was hond se denn do gschriebe?
Do vorna schtoht: Gib Acht,
dass ma beim Montiere,
alls noch dr Roihe macht.

„Führen sie den Bolzen
in die Bohrung ein,

wobei die Bolzenzange
muaß unten bündig sein!
Mit einem Gabelschlüssel - aha -
den Haken leicht verdrehn,
dabei ist zu beachten,
dass Sie hinterm Kasten stehn."

„Setzen sie die Imbusschrauben
stehts von oben ein.
Wenn sie dieses nicht beachten,
fall'n sie in den Kasten rein."

Wia soll denn deas do gange,
deas kriesch jo gar nie hi,
do missted miene Händ
an Metr längr si.

Noch drei Schtund isch er gschtande
und mir war endlich klar,
wieso deas Supr-Schränkle
so billig zkriege war.

# Babylon

Babylon hot viele Gsichtr,
vu Macht und Geald so gierig glenkt.
Kuiner hot meh a Intresse,
will wisse, was dr andr denkt.

Alles sott an Fortschritt zoige,
muaß hald groß und wichtig si,
uf dia kluine, schtille Sacha,
goht scho gar niemand meh i.

So schtanded mir alle uf deam Turm dob,
im Rausch vu dr Macht, in ra farbige Zit.
Doch dass unda d' Schtuiner bröckled,
ma ma-und wills oh it seah.

Mit gmaschkrete Wörtr, am gschwollene Gschwetz,
zoigt ma, was ma isch.
Si oigne Schproch wo vu inna kut,
dia kehrt ma ni untern Disch.

Witte Roisa sind nix bsundrs,
ma loischtets sichs, as ghört uim d' Wealt.
Dia wo sich in sich sealbr suached,
sind all bloß Grattler ohne Geald.

So schtanded mir alle uf deam Turm dob,
im Rausch vu de Macht, in ra farbige Zit.
Doch dass unda d' Schtuiner bröckled,
ma ma-und wills oh it seah.

'm blaue Himmel siene Narba
wearet mit sellgmachte Wolka vrdeckt,
allen Gruscht, wo ma numm brucht,
im diefe Ozean vrschteckt.

Mit bunte Gschichtle moled mir,
a Wealt us Märchen gschtohle,
vrsuchet d' Zit zum ibrlischte
und wisset, sia wird is ibrhole.

## D' Jagd noch 'm Augeblick

Mir hocked denn öfters am Obed,
schwetzed ibr de Rauch vu dr Zit,
vrgrabed d' Gedanke in am Rote,
und froged was 's Morge is git.

Isa Leabe isch doch a so gseah,
an Zentimeter groBa Krois,
in deam dearfsch di drehe und danze,
wia uf am vorgschriebene Glois.

Doch as werred fiebrige Summr kumme,
mit ra elektrische Schproch in isa Land.
Ma wird kui Nähe, kui Witte meh gschpiere,
as fallt d' Schproch und 's Land ussanand.

BloB ganz hind i de schwarze Däler
hot sich 's olt Leabe no vrschteckt,
wo d' Sichl und Wetzschtui dahui sind
und kuin Kalender alles zuadeckt.

Doch i dr Jagd noch 'm Augeblick
isch Zit gefräBig, git kui Ruh,
deckt iber d' Sunne a schwarzes Duach
und schniert dr d' Luft zum Leabe zu.

# Wintrnacht

Ho miene Summrschuh vrrummed,
schtell mi ufn Wintr i.
'S Fernweh und de Summr,
alls isch geschtern gsi.
I suach im Danz vu ra Wintrnacht,
dr Weg, dr Sinn, wo 's End isch
und de Schnee hot wie schwerer Wi
mi Herz umschpunne.

De Rhythmus vu dr Musik
moled Bildr us ra Wealt,
wo 's Gfiehl di hebt,
und 's Kluine zellt.
I sieh dia millione Schtern,
dia Kraft wo iber allem schtoht
und dass de Weag vu dr Zit
nuff und abe goht.

Duss i dr Nacht schloft dr Schnee,
Märchen vrzellt de Wind.
Wenn d' Kirze d' Schtunda frisst,
zieht a Sehnsucht durch mien Grind.
As isch a Nacht mit viele Froga,
wo 's Leabe Fliegl krieht
und beim Blättre in Erinnerung
dia Wintrnacht mi abezieht.

Ersch jetz ho i vrschtande,
ho gschpiert wia de Wintr schmeckt
und wieso er 's Fernweh und de Summr
mit siener wieße Wealt zuadeckt.

So wie d’ Johreszita wandred,
hot a jeds Gfühl oh sien Platz,
denn isch ’s Leabe bloß no luschtig,
ghört as bald de Katz.

# Sag mir diene Wörtr jetzt

Seltsame Sacha vrzelled oft d' Lit,
wenn de Neabl ihr Wealt ibrzieht.
Mit Träna uf ra Rois zua de schlofende Däg,
isch fir schäne Wörtr kuin Platz.

Drum gib mir doch d' Rosa so lang i leab
und sag mir diene Wörtr jetzt.
Rosa und Wörtr hond bloß an Sinn,
solang mi Seele no in mir wohnt.

Loss is jetzt d' Wealt mit Musik fülle
und im Klang vu de Tön is vrliere.
I de Summrfealdr, i de Wolkebildr,
Melodia mitnandr gschpiere.

Gib mir doch d' Musik solang i leab
und schpiel mir diene Liedr jetzt.
Musik und Wörtr hond bloß an Sinn,
solang mi Seele no in mir wohnt.

Gib mir di Zit, solang i leab,
loss is Gemeinsames gschpiere.
It ersch wenn 's Herz mit Träna gfüllt
und Dreim mi an di erinnred.

Drum gib mir di Hand, solang i leab,
Gemeinsames blieht bloß im Leabe.
Wenn i fern bi in ra andre Wealt,
wohned d' Seela vu is numm beinand.

# Momente

Sunntag Morge um a viere,
kumm vom Schpiele, untr mir schloft d' Wealt.
Schtell mi Gitarre neabe 's Bett na,
alls isch schtill, kuin Ton meh i de Luft.

Loss dia Bildr vu deam Obed no vrsurre,
wo d' Musik in mir gmoled hot.
Such noch am Lied wo sich vrschteckt
und numma us miem Kopf russgoht.

Hind am Wald duckt sich dr Morgeneabl,
i schtand duss ufm Balkon.
De Hearbscht vrzellt scho siene Liedr,
vu de Rennbahn Hektik schpiersch kuin Ton.

Dob dr Schternehimml und dr Mond
lached iber mi Siniere noch am Lied.
Sie sind wit weg und kenned it begriefe,
wenn de Schtrom durch d' Seele zieht.

Solche Moment kasch wit ni gschpiere,
sie hebed sich dief i dir dinn.
Solche Momente kasch it koufe,
'S Gfühl sucht it noch Wert und noch am Sinn.

I guck uf miene olte brune Schuh,
denk a die Weag, wo mir scho gange sind.
Schmeck wie dr Rauch im Schoope hanged
und wie an Film louft vieles durch mien Grind.

Dia dunkle Wiesa fanged a zum lache,
i nimm Gitarre, schpiel i de Morge ni.
Und uf uin Detsch isch a Lied entschtande,
wenn Musik machsch, kasch glücklich si.

Solche Moment kasch wit ni gschpiere,
sie hebed sich dief i dir dinn.
Solche Momente kasch it koufe,
'S Gfühl sucht it noch Wert und noch am Sinn.

# Fantasie

A Wealt mit taused Fliegl leabt in diener Fantasie.
Andre Himml und fremde Bildr zaubred si fir di.

Sia loht in dir vrgesse, dia Scherba vu dunkle Däg,
macht schwarze Dreim zu rotem Wi.
Wenn oh d' Zit alls ibermoled,
loss es leabe in diener Fantasie.

Schieb de Vorhang vu dr Zit weg mit diener Fantasie.
Du schpiersch 's Summrliecht, a Rois in 's Unendliche ni.
Wenn de Hearbscht noch lange Nächt schmeckt,
de Neabl i dir hockt und du losch kuin zur Husdier ri.
Wenn oh d' Zit alls ibermoled,
loss es leabe in diener Fantasie.

Schpazier amol i d' Wolka, mol mit dr Fantasie a Gschicht.
Du hörsch de Wind schnuufe und dr Bomm krieht a Gsicht.
A Lied us Liecht und Schatte bringt dir di Fantasie,
an Blumegarte, a Flötemelodie.
Wenn oh d' Zit alls ibermoled,
loss es leabe in diener Fantasie.

# As git se no

As git se no, dia zähe Lit,
dia schtill durch ‘s Leabe gond.
In ihrem Schweige liegt so viel,
deas wo mir numm vrschtond.

Sie wohned a Schtuck neabeduss
in ihrer kluine Wealt
und ebbs was mir numm gschpiered,
isch deas was fir sie zählt.

Sie buggled und sie werkled
vom Morge bis as Obed isch,
sind z´friede mit deam was se hond
und schätzed ‘s Brot uf ihrem Disch.

A kluine Buureschtube
mit am Disch us Nusssbommholz,
a Wanduhr mit am diefe Schlag,
uf all deas sind se schtolz.

An Weag goht nuf vom Reage gölt,
vom Vrkehr no ita gweckt.
Du kluines Paradies
bisch Gott sei Dank no it entdeckt.

# As isch hald so

Dia allermoischte vu de Lit,
hond zwar a Geald, bloß nie a Zit.
Drwiel isch Zit wenn ma se hot,
ebbs wo uin z’friede werre loht.

Sie ka uim jo so vieles geah,
mit ihr kasch manches andersch seah.
D' Bluma det hind am Weag,
am Bach zuagucke vu am Schteag.

A Webbs it allad glei vrschlage,
de Lit manchmol ebbs freindlichs sage.
'S Esse it bloß abeschlinge
und trinke, bloß was kasch vrzwinge.

A Freid hald hong no a diem Leabe,
am andre oh amol ebbs geabe.
Wenns horig her goht, kantig isch,
an Mut hong und it allad Schiss.

An andre oh mol eschtimiere,
wenn it reat hosch, sotsch oh kinne vrliere.
Doch dia allermoischte vu de Lit
hond zwar a Geald, bloß nie a Zit.

Doch, bloß Zit hong und drfir kui Geald,
do schtohsch saublöd do uf deare Wealt.

# Allgäu Krimi

As war in ra Nacht im Januar,
i fahr durchs Kirchdorfer Moos.
De Wald schtoht gschpenschtisch dunkl do
und dr Vollmond wie a Schiebe so groß.

A unheimliche Nacht und Dodeschtill,
isig gfrohre und kalt.
Doch plötzlich durchbricht a grausiga Ton
mit doppeltem Echo de Wald.

I denk mr no, was war denn deas,
a ganz komischs Gfühl so allui.
Und scho wiedr hör i deas grausige Gschroi,
jetzt aber uf 's Gas und nix wia hui.

I deam Moment sieh i im Liecht,
jemand vom Wald ussergong.
Louft direkt uf mien Wage zua,
i ka numma us und blieb schtong.

Do klopft uiner an mi Fenschtr na,
mit Auge ganz glasig und grie.
Mit zittriger Schtimm froged er schwach:
„Fahrsch mi hui?" - und i frogn wohie.

Er hockt a Wiele neabe mir,
zmol seit er: „Jetzt halt a!"
I dear vrfallene Hitte hindaduss -
jo wohnt do wirklich dear Ma?

Er fallt usm Wage und seit kui Wort
und denn hot er gsunge und glacht.
I ho dia ganz Nacht bloß nochsiniert
und kui Minute d' Auge zuagmacht.

Wie i am Morge denn dia Gschicht
miem Vatr dahui vrzell,
wird er plötzlich blass im Gsicht,
as kut ebbs vu Himml und Höll.

As isch vor fuchzeh Johr passiert,
im Wald in ra Vollmondnacht.
Do het dear Ma i siem Rusch
's Leabe 'm Deifl vrmacht.

Er war uifach weg, war wia vrschluckt,
sit deam schtoht sien Hof leer und kalt.
Doch oft in ra helle Vollmondnacht,
hört man laut schreie im Wald.

# Deas kluine Glück

„Jo Josef, i frog mi oft wie du deas machesch mit diene fief Kiah. Do kasch jo gar numm iberleabe. Mir hond zwanzg, aber wenn Gudrun it zum Butze gieng und i halbdags in Baywa zum Schaffe, do deated mir ganz dumm us dr Wäsch gucke."

„Jo deas gloub i eich scho. Do ho hald i dean große Vordoil, dass isa Schtadl direkt a de Bundesschtross liegd."

„Jo was hot jetzt deas mit deam zum dua?" „Deas ka i dir scho sage. Uf dia Idee hond mi isere Schpitzenschportler brocht. Dia lupfed doch kuin Fuaß, wenn se kui Geald krieged vu ihre Schponsore. Und wenn heid a Häs koufsch, do isch iberal an Bepper dob, so dass du glei fir dia wiedr Werbung machsch. Aber Rabatt kriesch kuin, it fir a Hemmed und oh it fir a Hose.

Wia jetzt do amol uiner kumme isch vom Möbl Brauchle und gfroged hot ob er an isern Schtadl a Metallschild eiemache kinnt, als Hinweis wie guat ihre Möbl sind und wo ma se finde ka. Ho i mir denkt wieso it. Und ho mi mit deam Ma uf dreißg Euro pro Monat geinigt. Sozusagen als Werbeträger, vrschtosch. Dear war ivrschtande und so hot oh deas Gschäftle agfange. De Mc Donald's wo zwoi Kilometer witr si Bude hot, zahlt fierzg Euro im Monat fir si Blechschild. De Mode Junginger und 's Autohaus Rimmele hond nocher nochzoge mit je fuchzg Euro. Wenn i also so nocherechne, wenn dear Schtadl iber d' Hälfte zuadeckt isch mit Werbeschildr ka i d' Landwirtschaft ufgeah und no guat leabe.

I ho mir scho iberlegd ob i dean Schtadl hind da no a bizle vrlängere sot."

# Dr Katalog

Autdoor Lautsprecher endlich nei,
im Garte hilft dr Wühlmausfrei.
A galvanisches Hoilpflaschtr fir de Rucke,
mit am Blattsauger bruchsch di numm bucke.
A elektrische Bissazoig wenn Fischer bisch,
an Deckeventilator iberm Kuchedisch.
An Fahrradcomputer inclusiv Ersatzbattrie,
an Muckeschreck mit Erfolgsgarantie.
A drohtlose Pulsuhr, dass woisch wies um di schtoht,
an Anti-Rauchbelüfter, dass dr 's Rauche vrgoht.
An elektrische Wachhund, de Rex,
dia mobil Satanlag, d' Weattrhex.
A Dischuhr mit am zwoihundertjährige Kalender,
a Noschtalgietelefon im Zirblholzschtänder.
An Zimmrbrunne mit Wassrschpiel,
mit ra Nachtfahrbrille kusch sichr ans Ziel.
Mit ra TV-Kopfschtütze macht 's Autofahre Schpass,
nett isch oh dear Rasierer fir trocke und nass.
A Neablmaschine und a Lichtorglset,
an Laserpointer im Wassrbett.
I ho dr bloß mol zoige welle:
Dean ganze Graffl ka ma bschtelle.
Doch ebbs wo Sinn im Leabe git,
findsch i deam Katalog gwieß it.
Deas Schtuck dahui und z'friede si,
a Gfühl hald ganz allui fir di.
I hoff du hosch es oh entdeckt,
bevor dear Gruscht di Wealt zuadeckt.

# Murmeleplog

No heid vrzelled d' Lit mit leiser Schtimm i de schwarz vrreicherte Zirblschtuba vom hintere Gschlinzdal, vu deare große Murmeleplog, dia afang vu de achzger Johr deas Gebiet usichr gmacht hot. Ma ka sich's heid no it erkläre, war as de allad schtärkr werrende Autoverkehr, wareds dia milde Wintr odr dia elend laut Musik, wo in deare Zit in dia letschte Winkl vu de Bearg vordrunge isch. Uf alle Fäll, deas johrtaused olte Gleichgwicht vu de Natur isch in's wackle kumme. D' Murmele, dia putzige Bewohner vu isre Bearg, hond sich vrmehrt und vrmehrt. Uf ihrer Jagd noch ebbs zum Freasse sind se allad wildr worre. Sie hond Gipflbüchr us de Gipflkreiz gfreasse und Käsloib us de Bearghitta gschtohle. Alls hond se gmoschted was se bloß vrwischt hond, d' Schockoriegl und d' Wurschtsemml us de Rucksäck vu de Bergschteiger. Bergwießa hond se leergfresse und it amol halt gmacht vor gschützte Bergbluma wie Akkelei, Enzian und Edlweiß. A große Not isch iber deas ganz Land kumme. Allad meh sind as worre vu deana Nager.

Do isch de Hearbscht kumme und mit ihm Wochenend fir Wochenend d' Bergwanderer. In große Rudl sind dia Nager ibr se hergfalle. Sie hond na bei lebendigem Leib dia graue Filzhüt, dia rote Schtrümpf und dia karierte Hemmeder gfreasse. Oft sind se bloß no i de Untrhosa am Gipfl gschtande. De Fremdevrkehr isch zruckgange und ma hot sich was ifalle long miaße, um deas Gebiet zum rette. Und wie so oft in solche Fäll isch der rettende Gedanke wieder amol vu de Sportartiklindustrie kumme. Noch etliche Teschts sind se drufkumme, dass as dia allad wiedr gliech azogene Lit sind, die dia Nager zu solche Ibergriff provoziered. Sie hond glei druf reagiert; mit de Produktion vu schockbunter Kunschtfasrkloidung in pinkrosa, neongrün, signalgelb, um demit dia Nager in d' Flucht zum schlage. Deas hot it lang daured, do sind dia Murmele blendet vu deana schockig grelle Farba numm us ihre Höhla kumme. Sie hond sich zruckzoge. Ma hot feschtgschtellt, dass scho ui grelle Wandrhose iber a großzügig dimensonierts Hintrdoil langed, um zwanzg Murmele in d' Flucht zum schlage. D' Schportartiklindustrie hot jedenfalls allna Wanderer, Kletterer und Radler scho beibrocht, dass ma mit so am schockfarbene Häs numma mit solche Ibrgriff rechne muaß.

# Du hosch di vrändred

Mir hocked am Disch und luaged is i d' Auge,
doch d' Blick treaffet sich dief inna dinn numm.
Wenig vu diem Gschwetz ka i dir gloube,
denn di Bild deas hot dr Alkohol vrzerrt.

Dean Wi, dean ziesch grad ni wie 's Wassr
und vrsuchsch mit Alkohol zum glücklich si.
Er loht di danze, hot di fescht in siene Kralla.
D' Wirklichkeit, dia hot an Schranz bis inna ni.

Du vrsuchsch mit Ageah und mit Liage zum vrdecke,
was du hosch vrlore und was dir it alls abgoht.
Du bisch zu zwoit und du kaschs numm vrschtecke.
Im Grund gnomme bisch du doch a so allui.

Du bisch zwar öftrs scho vu dahui furtgange,
um alls zum vrändre, um was anderes zum seah.
Doch oh do hosch zu dir seall numma gfunde,
as hot bloß gholfe, dia letscht Schtärke vu dir zneah.

I wet so gern wie friehr mir dir hochschtube kinne,
doch di Freind hot diene Gedanke it vrschont.
I wet so gern wie friehr mir dir lache kinne,
doch di Lache isch 's Lache, wo dief i de Fläsche wohnt.

# Machs jetzt

As git Momente i diem Leabe, wos dr d' Fiaß weagzieht.
Du wachesch uf und schtosch zwoi Metr neabe dir.
As wirft di hie und her, und du findesch doch kuin Halt,
bisch voll mit Gfihl und doch bisch du so leer.

Im Meer vom Schicksal, wo de Zufall mit dir schpielt,
siesch du di numm im Schtrom vu deare Zit.
'S Hearz vu de Vögl suchsch, a Schtickle Hoffnung
und du merksch: Di Leabe isch bisher a Draumflug gwea.

Kumm mach es jetzt, nimm dir Drwiel,
du hosch it endlos Zit.
Kumm mach es jetzt, nimm dir Drwiel.
'S ka si, dass 's Morge gar numm git.

Danz hald ganz uifach us dr Roihe, gang dien Weag
und was dia andr vu dir denked, 's isch egal.
Loss di loite vu am Gfühl, wo dief i dir hockt
und du wirsch seah, Dreim renned ri zur offne Dier.

Ab deam Dag merksch: Di Schpieglbild liagd di numm a,
i deam Moment krieht oh die Leabe wiedr a Gsicht.
Diene Gedanke gond mit dir jetzt neie Weag
und weils dr gut goht, zieht oh d' Hoffnung bei dir i.

Kumm mach es jetzt, nimm dir Drwiel,
du hosch it endlos Zit.
Kumm mach es jetzt, nimm dir Drwiel.
'S ka si, dass 's Morge gar numm git.

# D' Wealt vu dr Musik

I hör no heid si Akkordeon klinge,
sieh ihn als Bua, im Kopf bloß Musik.
Isre Inschtrument hond mitanand gsunge,
as hot bloß uis geabe, Musik war isa Glick.

Er war no so jung, do isch si Lied vrklunge,
a Wealt isch vrsunke, fir is i deare Nacht.
Doch Kraft vu dr Musik hot is viel gholfe,
mir hond is wiedr gfunde, hond witrgmacht.

Hot se di gfange, denn kasch di numm trenne,
d' Wealt vu dr Musik, dia lot di numm los.

Viel Johr sind vrgange, viel Liedr vrklunge,
mir hond gleabt in am Dromm, wared glicklich debei,
i wet dia Schtunda us miem Leabe nia schtrieche,
wett gar nia ohne Musik meh sei.

Du kasch's it erforsche, as hockt i dir dinna,
a Membrane, dia sich ibr di Seele schpannt.
Amol wetesch alls in an Winkl nie werfe,
doch gschwind druf hosch wiedr d' Gitarre i dr Hand.

Hot se di gfange, denn kasch di numm trenne,
d' Wealt vu dr Musik, dia loht di numm los.

# Vu wit weg

Manchmol wandre i durch d' Wolka
nuss ins wite Wealtemeer.
Und vrsuch mir vorzumschtelle,
wie dr Blick do doba wär.
- Vu wit weg sieht alles andersch us.

Vrschwomme sind do Land und Wassr,
a große Kugl friedlich leer.
Ma sieht kui Schtadt, kennt oh kui Land
deas zum Begriefe griele schwer.
- Vu wit weg sieht alles andersch us.

Was isch a Johr, was isch a Schtund,
vu wit weg schpiersch oh kui Zit.
D' Wealt dreht sich witr, was oh passiert,
sie nimmt is hald a Schtickle mit.
- Vu wit weg sieht alles andersch us.

Vu de Nähe schtoht sich alls im Weag,
mit taused Dreim und Dräht vrbunde.
De Himml zuagmaured mit Illusion,
a Fantasie us Leere gfunde.
- Vu wit weg isch Wichtiges so klui.

Wenns oh fir alls kui Antwort git,
a Wolkerois ka hilfroich si.
Zoigt 's Leabe mit am andre Gsicht.
Gohts dr drecked, hout nix hi,
mach doch dia Rois i d' Wolka ni.

# I wet hui

Guck vu miem Zimmr ibr d' Schtadt und i denk fir mi:
I wet jetzt wit aweg si ......
Schtadt oh Schtadt, i ho so gnua, i will di numma seah,
du kasch mr uifach niets meh geah.

Graue Hiesr um mi rum und graue Lit,
kuiner hot fir diesan Zit.
Gedanke sind dahui und i frog mi, was hosch bloß ghet,
ve deana Johr in fremde Schtädt?

Vogl, Vogl iber 'm Feald,
i sehn mi oft noch diener Wealt.
So frei und schtill do doba schweabe,
hald uifach bloß fir 's Leabe leabe.

Wieder amol dahui gang i nuss
an dean Schtadl hinter 'm Hus,
hock uf a Holzbieg und guck de Küah zu.
Dapp dean olte Fealdweag nab, bis zu deam große Schtui.
Jetzt bi i dahui.

In Zwieslers Gumpe schpieglen sich d' Wolka dunklgrie,
d' Luft schmeckt noch Hei i ziehs i d' Näs.
Kriag vom Gucke ita gnua, tief in mir dinn lot as it luck,
i wet hald wieder do her zruck.

Vogl, Vogl iber 'm Feald
i sehn mi oft noch diener Wealt.
So frei und schtill do doba schweabe,
hald uifach bloß fir 's Leabe leabe.

# Igschlosse im Wintrurlaub

Manche Lit hond a unheimlichs Dusl. Sia suached ihren Ferienort so günschtig us, dass se igschneit werred odr Lawina vrhindred d' Huifahrt. Sia missed a paar Däg dra hänge und kenned numm rechtzitig an ihren Arbeitsplatz zruckkumme. Deas Glick ho i jetzt no nia ghet. Doch amol hond mir drei Dag und a andrs mol fief Dag gfehlt zum deas schadefroh Telegramm an d' Firma schicke: „Rückkehr von hier zur Zeit wegen Unpässlichkeit der Passstraße nicht möglich, siehe auch Tagespresse. Ich muaß noch einige Zeit hier bleiben."

Igschlosse im Urlaub schtell i mir so vor. I de Frieh klopfts Zimmrmädle und seit: „Sia bruched Morge it huifahre, sia werred no a Woche bliebe miaße.“ „Jo warum?“ „As hot heid Nacht so gschneit, dass alle Schtroßa zua sind mit metrhohem Schnee.“ „Hoi, deas ho i gar it gmerkt mit miene fünf Woize und deana drei Jägertee vu geschtern Obed. Jo wia isch deas nocher mit Vrpflegung und 'm Biervorrat?“ „Küche und Keller sind bis obana voll. Dr Koch gibt si Beschtes, um dia Urlauber vu hind bis vorn zum vrwöhne.“ Am dritte Dag landet an Hubschrauber mit de Poscht. Mien Chef hot mir oh gschriebe. As duat ihm loid, dass mien Urlaub so unangenehm endet. Bescheide wia i bi, trag i mi oh it in dia Lischte vu de Usflugwillige i. I loss doch it mi Auto im Schtich. Noch acht Dag isch dia Schtroß wiedr frei und an Mechaniker macht- ui Uglick kut seltn allui- mi Auto wiedr flott. Weil se im Radio scho brocht hond, dass mir wiedr frei sind, bliebt mir nix anders ibrig wia d' Koffr packe und Abschied nemme vu deana Schpeckknödl, deana Schweinshaxe und deam guate Zipflbier. Jo so schtell i mir's vor, amol igschlosse si i de Ferien. Ob mir deas je amol glinge wird? I glaub's numm.

# Eindrücke sammeln

I ho letschn mit uim gschwetzt, vu Lindeberg. Dear hot a ganz ussgfalles Hobby. Deas hot im Gegesatz zu andere Hobbys dean Vortoil, dass as nix koschted. Er sammlt Eindrücke.

Bei ra Untrhaltung mit deam schtolze Sammler ho i

dean Eindruck ghet und dean hot er ou glei dankbar in si Sammlung ufgnomme. Ausschtelle, so hond mir feschtgschtellt, lond sich seine meh' als taused Eindrück umfassende Sammlung schlecht. It, dass dia zum Doil wundrbar erhaltene Schtuck it irgendwo Platz odr Intressente finde dädet. Im Gegedoil, Huber rechnet beim Bekanntwerre vu siene Eindrück mit etliche Beleidigungsklaga us 'm Raum Lindeberg. Deas isch de Grund, wieso er siene Eindrück so lang fir sich bhalted.

## Was kinnt ma dua

Du Marie, was kinnt ma denn untrnemme am Wochenend. Jo guck doch amol i d' Zitung was alls los isch, denn wird ma scho seah was ma duat. Git's was bsunders?

Jo do, Römisches Schtreiwagerenne in Kimmratshofe odr a mittlalterliches Ritterschpiel z' Hawange. Mondscheinparty uf de Waldburg. Jo saubr! Streetart und Graffitiacts in Grönebach. Nachtcanyoning fir Ischtieger z' Wiggeschbach odr Bulldogmeeting in Harlatzhofe. Was soll jetzt deas? Vollmond Feuer Ritual z' Bösereute. Fir diene Knoche was bsunders, Sommernachtsklettere im Hochsoilgarte d' Schoidegg. Und do in Gebratzhofe a Gartefescht mit Dancehall Infasion. Jo vrruckt! Z' Weingarte isch d' Radio 7 Run and Fun Tour. Was ganz huimeligs. Moonlight bowling i de Krone Zwicklings. Hoi z' Wombrechts isch a Eurobike Fashion Show, do kinnted mir mit isre Rädr it na. Und do was isch denn deas? Adventure racing in Hohewieler. Ui! De Schlottrbecks Xare macht a Floßrafting a de Arge. Dear schafft doch sus als

Bäcker, deas wird 'm hald z'trocke si uf Dauer. Do Mexikanische Nacht mit Mariatschi Akapulko in Isebretshofe. Na, deas isch weniger fir is. Roll in Oy, fir Cityroller und Skatboarder. Jo deas hört jo gar numm uf. Jetz was wit?

I wirr jetz no d' Wäsch fertig biegle. Jo und nocher? Nocher guck i nommol, ob do it irgendwo a Veranschtaltung isch, ganz normal fir normale Lit, uf Deitsch, vrschtosch mi.

# Virtuell

Also, i mach jo scho johrwies d' Schoidegg dean Rundgang vu de Ruhrmühle iber Buchebiel und iber 's Holz wiedr zruck. Wie i leatschn wiedr do untrwegs war, sieh i a de Kreizung neie Schildr in alle Richtunga. Jo sämtliche Kuahweag honds se do beschildered, mit Angabe wie lang ma louft. Do wirsch jo ganz wirr. Am nächschte Dag ho i i' de Zitung glease, dass ma fir 300.000 Euro 's ganz Weschtallgai zuapflaschtered hot mit solche Hinweisschildr. Und debei hond se gschriebe, dass ma, bevor ma an Schpaziergang afangt, im Internet virtuell si Route nochvrfolge soll. Deas ho i glei usprobiert. Jo deas isch jo herrlich, mit deana ganze Links. Do hosch jo an Blick uf dia Sebaschtian Kapelle. Wunderbar, jo wia echt! Ah, jetzt bi i a deare Kreizung wo dia viele Schildr wared. Do in's Luimoosdobl. Deas andere Schildle goht in's Schirpfedobl. No jo, deas gang i hald amol. Mit dr Maus virre bis an Waldrand, denn wiedr ruff bis zu deam Schtadl am Bielerhang. Mei war i blöd. Dapp i doch Johrwies dean Weag ab. Und jetzt machsch deas beqem dahui i de Botsche, bei jedem Weattr und bruchsch dr kui Schuh meh drecked mache.

# A Glas mit rotem Wi

As git so viele Sacha,
wo uim d' Luscht vrgange kinnt.
Was passiert alls uf dear Wealt,
as kut und goht so gschwind.

Zwische Geburt und 'm Schtearbe,
isch doch d' Hoffnung do fir di,
as git Schicksal und viel Träna,
abr oh no Sunneschie.

Im Wahnsinn vu deare Wealt,
wird vieles doch so klui.
Drum suach fir di a Eck,
wo du gschpiersch „i bi dahui."

Im Wahnsinn vu deare Wealt
ka denn nix schänr si,
wie an Obed mit dir zemmed,
bei am Glas mit rotem Wi.

Wenn 's Frühjohr fir mi zaubred,
wenn alles wachst und blieht,
denn schpier i zmol wia 's Leabe
volla Freida dur mi zieht.

Wenn de Hearbscht dia hoisre Blättr
am Bode danze loht,
denk i wia schnell an Summr
und a Johr kut und vrgoht.

Fir mi bisch du a Insl,
uf dear mien Dromm witrgoht
und 's Alluisi mit diener Wärme,
in mir dinn schmelze loht.

Irgendwie isch vieles andersch,
d' Wealt regiert a fremda Wind.
I suach an Halt zum Leabe,
alls kut und goht so gschwind.

# Vrbei

Mir hond oft Träna ghet ohne zum weine
und hond 's Herz vu de Vögl gschpiert.
Isre Liedr wared oft wie Schnaps so bittr,
doch jeda hot deam andre ebbs geah
und oh ebbs krieht.

Doch Däg sind flach und frogend fir is worre,
wie a leers Blatt isch heid di Gsicht.
Vrgänglich bloost de Wind i 's Fenschtr,
a Freindschaft usanandr bricht.

As goht hald d' Zit vrbei an jedem Hus
und wechsled schnell de Name us.

Die uralt Schtrofe, weine, lache,
vrschteckt im dunkle Himml vu am Dromm,
hot is dia schänschte Johr weggschtohle,
deas gwohnte Bild in is uswechsle long.

Mit am Grinse hot is d' Zit igfange,
um deas Kloid vom Summr it zum seah.
's Alluisi mit deam blasse Name
hot jedem im Leabe a andre Richtung geah.

# Vrzell mr no ebbs

Vrzell mr no ebbs, i mecht mi vrliere,
i ka us diene Gschichta viel lerne, viel gschpiere.
Vrzell mr no ebbs vu vrgangene Johr,
dia Schpura i diem Gsicht sind echt, sia sind wohr.

Dia Gschicht vo ebbs Vrlorenem, am ewige Lied,
vu ra Freindschaft, wo nia im Leabe vrblieht.
Dia Gschicht vom Holz, vu de Schtuiner im Bach,
dia rufed in mir Erinnerunga wach.

D' Gschicht vu'm Kindrgsicht, wenns briagget und lacht,
vu am Augenblick, wo 's Leabe Burzlbeim macht.
Dia Gschicht vom Luage, Höre und schtille Schritt,
dia lond mir vrgesse, dia ziahnet mi mit.

Vrzell mr no ebbs, i mecht mi vrliere,
i ka us diene Gschichta viel lerne, viel gschpiere.
Vrzell mr no ebbs vu vrgangene Johr,
dia Schpura i diem Gsicht sind echt, sia sind wohr.

Dia Gschicht vu dr Amsl und ihrem Lied,
vu ra schtille Freid, wo iber di Inneres zieht.
Dia Gschicht vu de Gräsr, de Blättr im Wind,
sie wecket Erinnerunga, dia dief in mir sind.

Dia Gschicht vu dr Dunklhoit im Wald vrschteckt,
vu am uifache Lied uf ra Soite entdeckt.
So ho i mit uifache Gschichta vu dir
an Weag in mir gschpiert, wo i nie meh vrlier.

# Schtroßemusiker

Dr Himml hanged wie Blei iber dr Schtadt,
alls rennt in d' Läde, alle sind satt.
Doch kuiner sieht ihn am Schtroßerand,
wo 's Akkordeon schpielt mit zittriger Hand.

D' Schaufenschtr wered matt und im Bahnhof wird 's leer,
siene Gedanke sind violett und kalt isch de Teer.
D' Schtunda drehed sich bis zum schlofende Morge,
a neia Dag kut ohne Hoffnung vrborge.

Doch im Akkordeon ka er de Wahnsinn vrgesse,
d' Händ gierig vu am Fiebr gfiehrt.
A Klang wie a Dromm, dear sich drilled
und im Grau vu ra Schtadt sich vrliert.

Andre Dag, andre Name, hond en schtumm werre long.
Er woiß, was as hoißt: Geburt, Leabe vrgong.
Zit hot ihm d' Johr gschtohle in de Großschtädt im Dreck,
er isch wie feschtgnagled, kut numm drvo weg.

A Wohnung, Familie, d' Freind und 's Dahui
hot er gwechsled mit ra Parkbank, vrlore allui.
's Liecht hot en vrgeasse, er isch usghöhlt und mied
und so hebt er sich fescht a de Kraft vu siem Lied.

Siene Liedr vrzelled si Leabe,
vom Liecht hintr Hiesr vrschteckt,
wo d' Freiheit und 's schä Dua maschkiert sind
und 's Lache de Kummr zudeckt.

Wenn er schpielt, loht er sich falle,
schlieft schier ins Akkordeon ni.
A Paradies wo d' Fingr vrwalted,
schpielt si Leabe und si Melodie.

# Ohne Geald

D' Musikkapelle vu Hintrhofe,
schpielt i de Krone heid zum Schwoofe.
'S Gemeindeamt ladt alle i,
d' Musik schpielt heid fir Bier und Wi.
Drum zieht de Done, dass Gage schtimmt,
so etle Moßa in sien Grind.
Doch noch so ebba zwoi, drei Schtund,
goht's i siem Kopf scho ganz schä rund.
D' Nota werred ganz vrschwomme,
er hot sich a bizle ibrnomme.
Und weil as ihm zmol drimmslig isch,
schpielt er bloß Tön wo er vrdwischt.
Zmol schreit as us em Puplikum:
„Deas klingt jo elend falsch und krumm!"
Do ruft dr Done zruck: „Mei liebe Frau,
heid schpieled mir umsonscht,
do gohts it so gnau."

# Dr Moler Schrieber

Im olte Schulhus z' Bizau git as jeads Johr an Wiehnächte a Usschtellung mit ihuimische Kinschtler. Dia zoiged do alls, vom Sunneuntrgang a de Kanisfluh bis zum Froschkönig us Keramik. Leatscht's Johr hot an Wiehnächte Schriebers Xaver siene ganze Bildr ufghängt. Vierzg Johr Schicksal hintr Glas hot er si Usstellung ghoiße. Zearscht ho i gmuit, deas bezieht sich uf dia Koschte vu de Rahme. Eröffnung war am Samstag zobed ganz offiziell mit Sekt und mit ra Reed vom Bürgermoischtr. De Xaver war ganz griehrt ibr so viel Ehr. Dear Ma vom Regionalblättle war ou do. Drei Dag schpätr isch i de Zitung gschtande: Die Bilder vom Xaver Schrieber sublimieren metapherartig, kosmische Abziehbilder der Persönlichkeit im Zeitraffer des Abstrusen. Und so isch as a ganze Site lang witr gange. Ganz am Schluss isch no dear uinzig Satz kumme, wo i vrschtande ho. Dean Name "Xaver Schrieber" sott ma sich merke miaße.

# Am Weiher

As gluckered a schtille Welle
um an Pfohl am olte Schteag.
Iber 'm Wassr glitzred Liechtr,
a Taucherle suacht im Schilf sien Weag.

Mit gschtürmte Äрml hond dia wieße Wolka
deas Schpiel am blaue Himml gwunne.
'ѕ vrzittrede Schpieglbild im Weiher
vrbindet 's Wassr, d' Wolka, d' Sunne.

Summrvögl flieged lautlos
zua ihre Schlofplätz ibers Moor.
Dr Obed schpielt durch hohe Gräsr
mir 's Lied vom Nochesinne vor.

In mir nimm i dean Dag mit hui,
a schtille Freid hot er miem Leabe geah.
Er war nix bsundrs, as isch hald bloß
a Nommidag am Weiher gwea.

# Schtille Schtunda

Durchs offne Schtubefenschtr
gschpier i de miede Dag.
A letschte Amsl flöted
vorduss am Garteshag.

Dr Puls in miener Schläfe
kut jetzt zu siener Ruah.
I hock hald uifach do,
mach d' Auge zua.

In meine schtille Schtunda
git as ebbas wo mi gfreit,
zum Dreime und zum Gschpiere,
a Hauch vu Ewigkoit.

Dia letschte Obedsunne
schpiegled i de Feanschterschiebe.
D' Nacht umklammred d' Wealt,
dr Dag ka numma bliebe.

Vor mir schtoht ufm Simse,
in am olte Hafe deat,
an Bosche Hagebutta
vu am Dag wo i gearn het.

A Buch, Musik, Erinnerung,
a gmiatlichs Eck fir mi,
an Kalender ohne Zahla,
a kluine Wealt fir di.

A Vollmondnacht im Januar,
de Himml volla Schterne.
Do ka i so fir mi allui
fir 's Leabe lerne.

In meine schtille Schtunda
git as ebbas wo mi gfreit,
zum Dreime und zum gschpiere,
a Hauch vu Ewigkoit.

## Dahui bliebe

Alle zieht as in fremde Ländr,
ma bliebt im Urlaub numma dahui.
Z' billig isch a Usflug uf de Pfänder,
oder z' Fuaß noch Hintrschtui.

Um is rum de Wald und d' Hiegl,
lieget do im schänschte Grie.
I will it vrroise, nui i will bliebe,
fir mi kints niena schäner si.

I de Frieh in 's Moos nuss gong,
wenn de Neabl ufm Bode kriecht,
durch die nasse Gräser loufe,
am Moorsee 's Schilf im geale Liecht.

Mit 'm Fahrrad uf am Fealdweag fahre,
schtill doschtong iberm Bodesee,
wenn z' Obet d' Sunne dinna glitzred,
deas will i gschpiere, was wit meh.

Loss se rase, loss se roise,
dia deas it seahnet, dia sind blind,
as ka jo bloß no schänr werre,
wenn dia alle usswärts sind.

# D' Muttr

Sie hot fir d' Kindr alles geah,
ma hots re mit de Zit agseah.
Hot fir se koched, gwäsche, gnäht,
as hot sich hald alls um'd Kindr dreht.
Viel Schtunda nimmt se sich drwiel,
deas schlimmschte Gschroi, nix isch re zviel.
Fir jeden gits ebbs Guats zum Esse,
vu kuim hot se de Geburtsdag vrgesse.

Kaum isch der Jüngschte sechzehn gweah,
hots fir ihn bloß no a Motorrad geah.
Uf dr Autobahn nachts um a drei,
war dr Dromm aus, war 'r vrbei.
Im Krankehus so manche Nacht,
hot sie fir de David alles gmacht.
Hotn pflegt, hot alles geah,
doch kaum entlasse, isch se ibrig gwea.

Und jetzt wo d' Kind ussgfloge sind,
hond all Familie und oh Kind.
Do hot ma kui Zit fir d' Muttr meh,
ma wet se in a Heim niegeah.
Gschwind druf isch alls abklärt gsi,
am Sunntag bringt ma se do hi.
Woisch Muttr, du musch deas vrschtong:
„Mir wend fir di bloß 's Beschte hong.

Do hinn do hosch kuine Sorga meh,
do wirsch du pflegt, hosch es schä",
hond se gseit und mached Diera zu
und fir lange Zit isch jetzt a Ruh.

Am Fenschtr vrbringt se viele Schtund
und 's Warte macht re d' Auge wund.
Sie wet doch bloß a kluines Schtuck,
was sie vrschenkt hot, wiedr zruck.

# Allgäu

Diaf vrwachse mit deam Fleackle Wealt
ka i so viele Bildr seah.
Vrzellt uf ra Gitarresoite,
a Lied zwar bloß und doch viel meh.

Wenn 's Goldliecht sich im Weiher spiegled,
Land und See im Dunscht vrsinkt,
deas alls zum gschpiere und erleabe,
a Lied in mir zum Klinge bringt.

Vrsunke in wieße Wolkebildr
gschpier i a Tröpfle Ewigkoit.
I hör 'm Wind si leatschtes Lied,
d' Wealt wird schtill, hot fir mi Zeit.

Diaf vrwachse mit deam Fleackle Wealt
ka i so viel Bildr seah.
Vrzellt uf ra Gitarresoite,
a Lied zwar bloß und doch viel meh.

Burehof, scho halb vrfalle,
d' Johr hond di an Bode druckt,
heid Nommidag honds di vrscherred,
niemand hots gschtört, niemand hots gjuckt.

Dorf was isch bloß us dir worre?
Bisch us diene Fuaga kracht.
Ma hot di vrändret und vrmolet,
bisch bloß no fir d' Fremde gmacht.

Diaf vrwachse mit deam Fleackle Wealt
ka i so viel Bildr seah.
Vrzellt uf ra Gitarresoite,
a Lied zwar bloß und doch viel meh.

Liedr in Gedanke gmolet
vu Schtädl, Höf und Huimatland,
deas no längr heabe, halte,
liegt so viel in isrer Hand.

Allgäu, olte Weattrdanne,
bohr d' Wurzla i de Fealse ni.
I ka des Wort „Saison" numm höre,
du sotsch doch kui Museum si.

# Kui rare Vrwandtschaft

Als Schnurremusers Hansjörgle
kennt ma mi wit umnand.
I bi im Gai, im halbe Dorf,
mit jedem fascht vrwandt.

I dear Vrwandtschaft wo i ho
isch alls nix meh so nei.
As isch, deas werreder go seah,
nix Neimodischs drbei.

Ui Bäsle isch vom Bengl ra,
hoißt Schlatterer dia Rot.
Dös isch a Wibsbild lang und broit,
woisch, abr sus komod.

Und Diichlborers Näzele
vom Wasemoose Biehl,
's Krutschtändele deas oige Wieb
vu dr untre Feasemihl.

Sind Gschwischtrige vu Götte Bäs
und oh vom olte Schlag.
Zum Hochschtube beim Gölte da,
siesch dia zwoi Johr und Dag.

De Holtschema vom Deiflsloo,
dean firchted d' Bealg wia 's Tier
und isch doch ou, jetzt wisseders
ganz näh vrwandt zu mir.

Dr Wissbuacher vom Kähle Schtrie
isch ou a gschwischtrigs Kind.
Ou Däggele vom untre Biehl
und Driehlers Bäne hind.

Und Hilsebeerers Söfanton
vom Jockebacherloo,
isch vor zwoi Wocha 's Wieb devo,
drumm isch er oige froh.

Und Suschtahldierles Andres,
dean kennt ma do bis deat,
do kinnt i örbe, bodeviel,
wenn bloß der Leatsche wet.

De Viehwoiddriller dund am Diech,
dr Ballätsche hind im Moos,
dia alle sind mit mir vrwandt,
ou d' Genevöv dia groß.

Beim Schnabbegiggler hind de Hans,
dean kenneder gwieß ou
und Göltemachers Franzöfle
vom Bleie Wiese d' Frou.

Mit Kreiewinklers Gluckahenna,
mit em Michele vom Schtrie,
geall liebe Lit, jetzt sehned 'rs,
wie viel vrwandt i bi.

I dear Vrwandtschaft wo i ho,
isch alls nix meh so nei,
as isch, jetzt honders amol gseah,
nix Neimodischs drbei.

# I ho a Idee

Mi Ma deas isch a Beargler,
dear kennt a jeden Tritt.
As git bloß ui Problem,
i muaß hald allad mit.

Kut 's Wochenende nähr,
hot's i de Bearg viel Schnee,
do fangts in ihm a kripple,
du Kati, i ho do a Idee.

Mir gond heid mit de Schneeschuh
uf 's Rickebacher Horn
und denn numm uf de Kadrer,
uf d' Schneealm witr vorn.

So goht as 's ganze Johr,
drum denk beim hiere dra,
ob du deas allad wit
was dear grad allad ma.

I frei mi denn am Montag
ins Büro zum gong,
do bruch i it so hetze,
ka 's riebig loufe long.

Doch moischtens Mitte Wuche
kui uinzigs Dägle meh,
do kut er voll Begeischtrung,
du Kati i ho do a Idee.

Mir gond am Frietag zobed
quer numm uf Trettach Hitte,
am Samstag uf de Hädrich
denn Abfahrt mit de Schlitte.

So goht as 's ganze Johr
drum denk beim hiere dra,
ob du deas allad wit
was dear grad allad ma.

Zur Zeit do ho i's riebig,
er liegd alls duat 'm weh,
er hot de Haxe broche,
drum hot er kui Idee.

# Dr Hof

Sit olter Zit schtoht er det da
zwische de Obschtbämm an am Rui,
a bizle abseits hinda duss
am Weag da ganz allui.

A Holdrbosche schtreckt siene Äscht
bis a de Känerrand
und untrhalb vom Schtarehus
luined a Holzbieg a de Wand.

'S Weattr hot ibr etle Johr
d' Schindla und d' Läde gschtriche.
A gschtrube Husdier hanged schräg
vu de Sunne d' Farb vrbliche.

Summrbluma boschewies
drucket bis a 's Schtiegeglendr
und hintr kluine Fenschtre
hanget Vorhäng mit gschtickt Rändr.

Am Brunne, moosig bei de Uffahrt,
gruabet 's Millgschirr i siem Schtand.
A Henn pickt usm Katzehafe,
Schtaalerhäs trocknet a de Wand.

Und untr de Schinde dia andr Wealt,
wia ufgrummt flackt alls da,
Hagpfähl, Bease, Kälblesdrucke,
deas was ma numm bruche ka.

'S isch wie a Bild, deas Fleackle Wealt,
ma kind 's it schänr denke,
doch musch scho selbr luage gong,
deas ka ma dr it schenke.

# Dia Obed

Grubers, dia sind heier
in Schpanien im Urlaub gweah.
As wird doch it scho wieder
an Diaobed geah.

Vor a paar Dag sind se hui ku,
jetzt rufet se scho a,
ob ma nächschte Mittwoch
a bizle zemmet hocke ka.

Also doch an Diaobed,
do wirsch doch halbe hie!
Mir sind no it reat ghocked
schiebt er scho an Riegl nie.

D' Kindr vor ra Kirche,
sie im Fischerboot,
er im Liegeschtuhl am Schtrand
und denn a Bild vom Obedrot.

Am Afang seisch no oh und ah,
doch deas losch oh bald si.
Hört denn dear gar numm uf,
wieviel Bildr schiebt er nie?

Kumm mach noche, bei Gott!
Amol, do hot ma doch alls gseah.
D' Kind am Schtrand und im Hotel,
as wird kui Ruah it geah.

Plötzlich wird as dunkl,
de Projektor raucht.
Dia zwoi Schtund durch Schpanien,
mei, dia hond mi vielleicht gschlaucht!

# I woiß es

Sei doch ehrlich amol zu mir,
i sieh's an diene Ouge
und am Lache, deas mir uswoicht,
i woiß, du dreisch mi numm in dir.

Wie viel Schtunda wart i uf a Wort,
doch du kasch di Herz numm wecke,
d' Erinnerunga sind in dir vrblasst,
i woiß du dreisch mi numm in dir.

Viel Nächt vrzelled miene Dreim,
vrsuached mir zum erkläre,
dass sich nix vrzwinge loht,
i woiß du dreisch mi numm in dir.

I bi a Schtui uf diem Weag
und du gosch an mir vrbei,
jeden Dag gosch witr weg,
i woiß, du dreisch mi numm in dir.

# Er isch bei dir

In jedem Winkl vu dr Wealt, do isch er dahui,
ka groß si wie a Fealse und oh so klui wie a Schtui.
So kalt wie de Schneeluft regiert er isa Wealt,
du muasch allat gfasst si, dass er sich neabe di schtellt.

Und gohts dr amol drecket und bisch elend beianand,
denn bsucht er di als Freind, nimmt di fescht a d' Hand.
Und wenn amole muisch, heid ghört dr dia ganz Wealt,
grad denn ka as si, dass er sich neabe di schtellt.

Kräha vrzellets, si Lied hät allat de gliech Klang,
d' Schtrofa, deas sind d' Schtunde,
so wirds Warte ihm nia zlang.

Bei jedem Blödsinn isch er debei, do isch er zum hong,
wenn as brenzlig wird, wirsch du am Abgrund schtong.
Und hot er dir ebbs zoiged, ve deam di numm trenne wit,
er lohts dir ita gschpiere, er macht große Schritt.

As git nix, was er brucht und as git nix, was er it hot,
kennt kuin Wert an dem er hängt, wisst it, was er demit sott.
Er loht sich it blende, bisch arm odr riech,
du kasch numma bliebe, fir ihn sind all gliech.

Kräha vrzellets, si Lied hät allat de gliech Klang,
d' Schtrofa, deas sind d' Schtunde,
so wirds Warte ihm nia zlang.

# Dr Mächler

A Mächler isch a so a Ma,
wo nachts oft numma schlofe ka,
weil as rumort dinn i siem Grind,
sinniert noch, wie deas gange kinnt.

A Kroissäge isch si ganza Schtolz
und im Schöpfle hind an Hufe Holz,
wo alls no zum vrschaffe wär.
Was werreds si? So siebe Schteer.

In siener Werkschtatt hinter 'm Hus
isch er dahui, kennt er sich us.
A jeds Drumm hot do sien Fleck,
alls hebt er uf, nix wirft er weg.

Sinds Schtanga vu am olte Door
odr vu am Rasierer de Motor,
wenns manchmol oh vrzwickt her goht,
us allem sich ebbs mache loht.

Wenns kalt duss isch, dass alles giered,
denn hot er scho sien Ofe gschiered.
Dr Radio, zuedeckt mit Hoblschpä,
schpielt si Musik, was wet er meh.

Vor lutr Freida pfieft er mit,
si Leabe macht no kluine Schritt,
er hämmred, säged, schraubt und leimt,
wobei er scho vom Nächschte dreimt.

## ‘s Johr isch olt

Duss isch as kalt und d’ Blättr falled,
d’ Wealt isch zueknöpft, zieht d’ Läde zu.
De Riefe moled wieße Bluma,
‘s Liecht wird blass und suacht si Ruh.

De Summr, dear liegd dief vrgrabe,
untr am bunte Blättrschnee.
I dr Schtube ischs am schänschte
bei am hoiße Wealtschmerztee.

‘s Johr isch olt und kut numm zruck,
vu am Leabe a kluis Schtuck.
‘s Johr isch olt, hot oh si Zit,
as nutzt niaz, wenns heabe wit.

D’ Bearg traged wieße Mäntl,
und geabet de Wintrdreim jetzt Platz.
D’ Kurgäscht, dia sind lang scho abgroist,
i doil mi Bank bloß mit am Schpatz.

De Himml zoigt vrwäschne Farba,
’s Oktobrgrau schliecht ums ganz Hus.
A Schtille, dief i d’ Wealt niegwobe,
vrzellt: ‘s Johr isch olt und goht jetzt nuss.

‘s Johr isch olt und kut numm zruck,
vu am Leabe a kluis Schtuck.
‘s Johr isch olt, hot oh si Zit,
as nutzt niaz, wenns heabe wit.

# Vrzweifled

Viel hot er uf se gea,
isch schtolz uf d' Huimat gsi.
Er ka viel numm vrkrafte,
dr Deifl schlupft zmol in en ni.

Am Waldrand isch er ghocket,
am Obed bis in d' Nacht.
Und deas was um en rum war,
hot si Leabe vrlore gmacht.

Sien Hof und siene Fealdr,
dia hond ihm nix meh gea.
Im Hus isch 's Liecht ussgange,
d' Bämm hot er als Goischtr gseah.

A ganz a kurze Zit no,
krieht alls an oigne Glanz.
Im Hirn dinn fangts a kroise,
wia bseasse duat dear Danz.

Uf uimol sinkt er zemmet,
de Kopf in boide Händ.
Dr Puls goht wia a Hammer,
an siene Schläfewänd.

Er will bloß no allui si,
vrgeasse und si Ruah.
Im Bach dinn hot ers gfunde
und 's Wasser deckt 'n zua.

# As ghört doch is allna

Dr Himml und d' Bearg, als isch so näh,
ibrzoge mit Bluma, dia sunnige Rui,
als dös ghört is und so wemmers bhalte,
denn a deam Fleackle, do simr dahui.

I dreim vu am Burehus, dob i de Bearg,
mit Wiesa und Wald, so ebbs sottsch hong.
Ma kinnt dia wertvolle Sache gschpiere,
do dätet d' Johr hald it bloß so vrgong.

Am Hus do wet i an kluine Garte,
mit Rieba und Krutt und was as no git,
as gäb kui Hudle, i kinnt alls vrwaate,
i hätt deas Schänscht – i hätt Zit.

In ra Wiese liege, i de Himml gucke
und loose wie de Wind schpielt mit 'm Gras,
deas freie Leabe, deas deat mr gfalle
und kui Uhr kinnt mi zwinge: dur was!

I dät mi gfreie bloß am Luage,
abe ins Dal und hintre zum See.
Gedankebilder nähm i mit in mi Hisle,
so wär i z'friede, was wet i denn me.

So hob is oft im Dromm vor mir gseah,
doch d' Wirklichkoit sieht anderscht us,
iberall werret d' Wiesa uffgrisse,
ma sieht afange vu lutr Hus numma nuss.

No isch as Zit, do ebbs zum dua,
sus goht afange alles no hie,
as ghört doch is allna und so wemmers bhalte
mir wend a deam Fleackle no längr si.

Dia schänschte Bleazle, wos bei is git,
krieged dia mit deam moischte Kies,
as ghört jo is allna und so wemmers bhalte,
sus blibt am Schluss niets me fir is.

# D' Leadrhose

Ui Land gits bloß uf deare Wealt,
wo ma se zua dr Kloidung zellt.
Ma kouft se uimol, denn isch a Ruah,
deas isch it so wie mit de Schuh.

Jo so a Leadrhose, deas isch wohr,
dia hebt it bloß a Viertljohr.
Bloß sotsch a dean olte Brauch di halte,
du musch se zersch mol zemmetfalte.

Denn badesch se in am Dopplbock
und schpannsch se ibern Schprieglschtock.
Do masiersch se kräftig, so zwoi drei Schtund,
denn gisch se nachts em Schäferhund.

Wenn dear i de Frieh kui Zäh me hot,
denn schmiersch dia ganze Hosenoht,
dick mit ra Schwieneschwarte i,
do kriesch deas Luadr numma hi.

Und i dr nächschte Vollmondnacht,
isch wichtig, dass ma deas no macht:
Legs uf de Mischthufe hinterm Hus,
deas bloicht deam Leadr d' Farba rus.

Und dass se it so nei ussieht
und glei dean frische Gschmack vrliert:
Schitt Obschtler ibr d' Hosedier,
deas bringt fei Glück, deas sag i dir.

Jetzt hot dia Hose erscht a Gsicht
und wo du na kusch, du bisch gricht.
Guckt ma di manchmol oh komisch a,
dur bloß dia Hose gar nia ra.

# Manchmol

Manchmol, do duats no weh,
manchmol, do loht mi di Bild numma los.

Randvoll mit Gfühl denk i manchmol
a dia Zit vor viel Johr.
Du i diem karierte Hemmed, in Jeans,
mir kut as wie geschtern vor.

Mir wared i de Sunne,
sind vrsunke in a Neabelmeer.
I woiß no wia du gseit hosch:
Mir vrroised uf a Insl,
do kenned mir is wiedr finde.
Doch alls isch wia a Kartehuus zemmetgfalle
und 's Gricht hot denn sien Seage geah.

Vatr fir Schtunda war i denn am Wochenend,
leer und ussbrennt stand i zwische dode Wänd.
Doch heid ho i di noch langer Zit wiedr gseah.
Mir hond mitnand gschwetzt
und 's Lache vu dir hot mir so viel geah.
Isre Ouge hond sich 's erschte Mol wiedr berührt
und i gloub oh du hosch gschpiert:

Manchmol, do duats no weh,
manchmol, do loht mi di Bild numma los.

# I mecht de Summr finde

I mecht de Summr i miem Leabe finde,
wit weg von ra lute Zit,
mecht learne d' Johr zum gschpiere
und entdecke was dr Augeblick mir git.

Im Walzerland, wo d' Johreszita danzed
und d' Sunne ihre Wärme gschpiere loht,
vrgangene Bildr näh an mi naschliefed,
denn ka is gschpiere.

I mecht de Summr i miem Leabe finde,
it durch dia Wealt mi fihre long,
mecht mit Lit zemmethocke, schwätze, lache,
wia a guats Buch sia allat um mi hong.

Wenn dr Mond mit taused Dreim sich vrbindet
und de Juni 's Feier i de Auge hot,
d' Schwalba unterm Dach 's Dahui hond gfunde,
denn ka is gschpiere.

I mecht de Summr i miem Leabe finde,
ohne Hallo, ohne Schnörklerei,
mecht vu miem Fenschtr d' Wealt entdecke
und it muine, i sott woandersch sei.

I mecht de Summr i miem Leabe finde,
isch as au bloß a Rauch, a Klang im Wind,
i wills erforsche, schätze learne,
bevor im Hearbscht mien Summrdromm vrrinnt.

# ’s Schanierle

As klemmt an iserm Kucheschrank
scho lang ebbs an am Dierle,
doch wie is repariere will,
do fehlt mr a Schanierle.

Do fallt mr i, im Dachbode
hintr deam große Pfoschte,
waret amol a paar Schanier,
dia dedet ou nix koschte.

I gang glei nuf, fangs suche a
in Schublada und Bapierle,
doch deas was i in d’ Fingr krieg,
isch alls, bloß kui Schanierle.

Bappedeckl, Fuaßabschtroifer,
Nägl, Schrufa no so krumm,
Biegleise und Dierschnalla,
vu am Oferohr a Drumm.

Schtrohdäscha, Woidekrätte,
Musikschrank, a Iseba,
Musfalla, Buschla, Chrischbommkugla,
alls was i it brucha ka.

Denn i wet doch bloß mei Schanierle hong,
doch i kas it finde i deam Gruscht.

Ah!! In deare gschprenklete Schachtl do -
i woiß es no ganz gwieß,
doch anschtatt an am Schanierle
neaschtet a baar Miis.

Veflickte Hosa, olte Kittl,
i schtöbre ibral rum,
Ilegsohla, Schtieflziehner,
vu am Schanierle it ui Drumm.

Jetzt schla i no mien Grind
an am dicke Balke a,
i gink vor Wut in Pfoschte
und fluch grad was i ka.

Denn i wet doch bloß mei Schanierle hong,
doch i kas it finde i deam Gruscht.

Im Dachbode dia Suacherei
isch elend ibrig gwea,
doch fir den Schrank, wo 's Dierle klemmt
ho i scho a Plätzle gseah.

# Johresend

Was mir gschpiered isch bald rum,
Summrglanz und Summrpracht.
In is dinn, um is rum
gits Sorga, Freid und Nacht.
Abr as isch alls it umsus,
wenn du bsinnsch was vor dir liegt
und wenn fir de Sinn vom Leabe,
'ś Herz offe schtoht und wit.

Kumm grief zu, loss die Leabe it so schtong,
Kumm grief zu, as wird allad wittr gong.

Was liegt vor dir, pack es a,
d' Arbat, wo de Dag dir git,
Mensche, Lit, wo uf di warted,
kumm grief zu und bsinn di it.
Manchmol mechsch in Himml lange,
bis du merksch was dir it ghört,
hosch doch gnua, wieso vrzwinge,
was 's Schicksal dir vrwehrt.

Lern drum frieh gnu zum entscheide,
was zum dua hosch, mach es ganz.
Liegt uf de kluine Freida,
oh ganz gwieß, an schtille Glanz.
Was du denksch isch nie vrschwendet,
was vrleabt hosch, deas bliebt di
und wenn 's Johr a deaweg nab goht,
ka as bloß an Seage si.

# D’ Sense

Im Schopf hind hanged d’ Sense,
vrschaffed und oh mied.
Wie oft hot sie mir gsunge,
am morge Frieh ihr Lied.

Im hohe Gras so um a fiefe,
schtill – bloß dr Senseschnitt.
Wie oft ho i a Mitloid gschpiert
mit Amsterdam, New York, Madrid.

Jo friehr, do hot jeda
gmäht ufm Feald am Rui.
Heit wär ma mit ra Sense
do duss bloß no allui.

Oft denk i no so noche,
an d’ Sense und ihrem Lied.
Doch hot a andre Zit
dia Schtimmung usradiert.

# As war amol

An ganz an schäne Hof
ho i vor Johre gseah.
Er hot mi numma los long,
alls isch zum Mole gweah.

Viel Johr ho i deat gfunde,
was as scho fasch numm git,
an Friede ganz wit dinna,
in so ra lute Zit.

Dahui ho i denn allat wiedr
miene Bildr fir mi aguckt.
Dia Hofeinfahrt, dr Denne
und 's Dach hind ganz vrdruckt.

Heid bi i wiedr na ku,
an mien Lieblingsort.
Alls was i do no gseah ho,
Mercedes, Audi, Ford.

Andr Lit sind jetzt am Hof,
i guck na, kas it vrschtong.
Alls voll mit roschtige Kärre,
was schä war wird vrgong.

I woiß no wia se gschafft hond,
dr Sepp und d' Agnes, Dag und Nacht
und andre Lit hond us ihrem Höfle
an Autofriedhof gmacht.

## A olt's Schtickle

Mensch Xaver, dreh doch amol de Radio lautr, do kut doch grad deas Schtuck, uf deas mir friehr so abgfahre sind. Veruckt, he deas gfallt dr doch oh. Dia Musik hot doch ebbs ganz oiges. I ka mi a dia Zit no ganz genau erinnere, wo i deas zum erschte Mol ghört ho. Dear Rythmus zieht uin doch so richtig hoch. Loos doch amol deas Schlagzeigsolo. Deas war no i de Grundbsetzung, do hot de Alex Murandi no werklet. So i de siebzger Johr, nocher isch er doch bei ra schwedische Band igschtiege. Jetzt los amol wie deas bei deam Baßler grooft, do wirsch doch vrruckt. Deas isch scho schad, dass se vor vier Johr ussnand gange sind, weil dear Sänger zu de Flying Fish gange isch. I muaß sage dia Musik ka ma allad wiedr höre, gell Xaver.

Grad i deam Moment wo dear 's schwetztte ufhört, isch oh deas Schtickle rum. Schad.

## Uf 'em Holzweg

Wegs am Antiquitätehändler us Obrschtdorf isch jetzt oh Gewerkschaft vu Holzwurm und Kunscht in Usstand treate. Er hot na vor a paar Dag a Angebot gmachet, sie dädet a einmalige Sondrzulage kriege, wenn se an Allgaier Bureschrank (natürlich it echt, aber scho vrkauft) bis in vier Wocha fertig machet (a Sau Arbat).

Deas hot dia Holzwurmgewerkschaft glei so narred gmached, dass in viele Betrieb d' Belegschaft dia hoilige Figura und sunschtiges unechtes Ziag gar numm aglanged hond. In uim Betrieb hond d' Facharbeiter sogar in an falsche Riemeschneider dia Wort niegfreasse: „Dear Holzwurm hat auch seinen Stolz, wir fordern altes Lindenholz." Und an am andere Ort hond se in a zemmetgflickts Schränkle dia Wort niegnaged: „Wenn der Antiquitätenhändler den Holzwurm tritt, macht der Holzwurm nicht mehr mit." Noch de neie Richtlinien vu Holzwurm und Kunscht, wedet se wenigschtens fuchzeh' Prozent me' echte Gegeschtänd, sunsch kummet se mit Schaffe numm noch. Am Schluß wird a Schrank scho vrkouft, bevor se ihr Arbat abgschlosse hond. Do bi i gschpannt, wia dia Antiquitätenhändler deas Problem lösed.

# Wellness

I bi total am Bode,
woiß it, was mir helfe kinnt.
I ho a ganz lacks Gschtell
und taused Schtecknodla im Grind.
Jeda Nacht schtand i im Bett,
mit uim Wort: As isch a Gfrett.

Dean Blick in Schpiegl,
deas isch it grad an Gwinn.
Do frogsch di scho am Morge,
ob je so olt wirsch wia do dinn.
Wenn i bloß ebbs wisst, i wär debei,
abr as fallt mr um 's Verecke nix ei.

Doch zmol flattred a Prospektle,
farbig ufgmacht, mir ins Hus.
As hot mi intressiert
und deas war gwieß it umesus.
Sie schriebet: Bisch am Bode, fühlsch di it wohl,
kumm ins Wellnessparadies noch Südtirol.

Am Telefon deas Froilein,
muit, mir hetted speziell für sie:
Vom Hermestag zum Körperpeeling,
Boddy-Wrapping, Asien-Therapie.
Oh 's Kräuterbad und Mukabhanga
und fir d' Füß deas Babajanga.

Noch a paar Wucha wird mr klar,
wie wundrbar deas Wellness war.
Mien Körper gschteilt mit neiem Saft,
brucht allerdings jetzt si ganze Kraft,
weil heid ho i d' Abschlussrechnung gseah

und i muaß sage.....

I bi wiedr total am Bode,
woiß it, was mir helfe kinnt.
Ho zmol wiedr a ganz lacks Gschtell
und taused Schtecknodla im Grind.
Oft guck i no dia Rechnung a und denk
wie 's Wellness bloß so wirke ka.

## Zruckdenke

I siah dean bunte Fleacklesdeppich,
de Garte fiebret im Summrdag,
näsewies schtreckt a Sunneblume
ihr Mondgsicht ibern Lattehag.

De Gucker schtottered vom Wald her,
a Viechle schliaft i d' Holzbiag ni,
de Bierebomm der krumme Schtore
druckt sien Grind zur Sunne hi.

I ka dean Fleacke nia vrgesse,
was i alls gseah ho deat als Kind.
Fescht ho i dia Bildr in Gedanke,
do wo se it zum Lösche sind.

Dia blind Schiebe hind am Schtahl da
kut zum Lache mit 'em leatschte Liecht,
a Melodie us Gras und Hei
ibr d' Fealdr ierkriecht.

Gierig laut lached a Elschtr,
in Schtadl pfeiled d' Schwalba ni,
wo d' Fleadrmais de Dag vrschlofed,
nia bi i do im Dunkle gsi.

# Dia kluine Däg

As sind dia kluine Däg,
it uine vu de Große,
dia ma im Kalender rot markiert.
Deas sind dia Schänschte,
wo di no sell kasch gschpiere
und sich di Herz it
i deare wumsig Wealt vrliert.

As sind dia kluine Däg,
zfriede ohne Lottogwinn,
nix vorhong und kui bsundrs Ziel.
Deas sind dia Schänschte
wo hald alles dir ghört,
uifach normal und gar it viel.

As sind dia kluine Däg,
wo aziehsch was du gern hosch
und Zit hosch fir a Melodie.
Deas sind dia Schänschte,
wo du no kasch dreime,
alls loufe losch, 's kinnt all Däg si.

As sind dia kluine Däg
wo i de Frieh de Himml lacht
und kui Hektik di am Morge weckt.
Kui Rechnung dia di an Bode zieht
und dia ganz Luft noch Friehling schmeckt.

As sind dia kluine Däg
it uine vu de Große,
wo hald Zit hosch ganz fir di
und oh it denksch was isch jetzt morge,
alls loufe losch, 's kinnt all Däg si.

# I ka di it vrgeasse

Du bisch so wit aweg,
in mir ischs oft so leer.
Dass du heid numma do bisch,
deas zum begriefe isch so schwer.

Du schpielsch in miene Bildr
und schteiresch mi im Dromm.
Und nachts wenn as ganz schtill isch
sieh i di vor mir schtong.

Ersch jetz ho i begriffe,
dear Film louft bloß a Zit.
Mir bruched nix vrhebe,
mir neammed eh nix mit.

Drum nutz doch di Zit,
vrgiss nia was bisch,
a Sandkorn am Schtrand,
a Grashalm im Wind.
Denk dra was du machsch,
guck uf de Sinn
und nutz doch di Zit.

I ka di it vrgeasse,
bisch so dief i mir dinn.
Und in so viele Schtunda
kusch du mir i de Sinn.

Was hond mir alles gmached,
Zit war a wittes Feald.
'॑s Leabe wia a Schpiel,
dr Dod war is so fremd.

Ersch jetz ho i begriffe,
dear Film louft bloß a Zit.
Mir bruched nix vrhebe,
mir nemmed eh nix mit.

Drum nutz doch di Zit,
vrgiss nia was bisch,
a Sandkorn am Schtrand,
a Grashalm im Wind....

# I bi z'friede

I bi z'friede, mi Wealt isch klui,
nix bringt mi us de Ruah.
Und kuts amol a bizle dick,
denn mach i d' Läde zua.

Mi Leabe hot a kluines Dach,
mir langets, bruch it meah.
Sieh vom Fenschtr wit in d' Bearg
und abe bis an See.

Wenn i de Früah de Gucker schreit,
drink i grad mien Kaffee.
Bloß d' Vögl pfiefed, sus isch schtill,
bei Gott, was wet i meh!

Viel zum seah uf deare Wealt
loht sichr andre Soita schwinge.
Doch was i suach find i dahui,
zum 's Leabe nähr bringe.

Deas kluine Fleackle langed mr,
i gschpiers bis inna ni
und i wünsch mr gar it meh
wia all Däg zfriede si.

# Summr uf'm Land

Summr uf'm Land, as isch mr so wohl,
i gschpier ebbs wo's fascht scho numm git.
I loss mi vrführe vu deare Wealt,
ho zmol fir so vieles Zit.

De Gockeler weckt is am Morge,
d' Marie mached an Kaffee.
D' Kind gond i de Schtaal,
freied sich a de Küeh und de Henna.
Dia frisch Wäsch vom Nochbuur
winkt vu siem Garte is zua.
Mi Herz, deas kinnt juchzge
und schpannt d' Fliegl so wit.

Hinda am Moorsee gond
mir am Nommidag bade.
A Boot schaukled im Schloof
uf 'm riebige Wassr.
Iber is d' Wolka wia Watte
im blaue Himml.
Mi Herz, deas kinnt juchzge
und schpannt d' Fliegl so wit.

Mir schlofed am offene Fenschtr
und höred Kuahschella litte.
D' Schtern iber is blinked
und lond is z'friede si.
Mir schloofed und dreimed,
freied is uf de andr Morge.
Mi Herz, deas kinnt juchzge
und schpannt d' Fliegl so wit.

## Schtudiendirektor Peter Mösle

I woiß no de Peter Mösle hot i de Schual in alle Fächr bloß Uiser ghet. Aber wenn mir an Drache odr a Baumhaus baut hond, do hot ma'n it bruche kinne. Schpaß het's 'm scho gmached, aber er hot hald, wie ma bei is seit, zwoi linke Händ ghet. Schpäter hot er in Berlin Altphilogie, Griechisch und Latein schtudiert. Als Schtudiendirektor war er allad begeischtered vu deana Lit, wo mit de Händ ebbs zemmed brocht hond.

Wie jetzt amol an Flieseleger si Badezimmr nei hergrichted hot, isch er im Dierrahme gschtande und hot dean Ma gfroged: „Wackerer Mann, glauben sie, dass es mir gegeben sei, durch liebevolle Hinwendung und stete Übung dieses Handwerk auch zu erlernen?"

De Flieseleger gucked schräg noch oba zu ihm nuf und seit: „So wie du schwetscht, it."

## De Name Sepp

Näme gits afange, deas hot mit modern nix meh zum dua. Zum Beischpiel Marcel Boneberger odr Florence Hintrhuber. Kuiner will meh an Josef odr an Sepp. Höchschtens wenn a wichtiga Onkl so hoißt und mit de Enterbung droht. De Name Josef hot doch irgend ebbs vrtrauliches und dr Sepp ebbs urwüchsigs, ebbs schneidigs. Vielleicht kut er amol wiedr zu Ehren, so wie Michael odr Thomas. Schä wär's. Wer natürlich sien Urlaub uf Tenneriffa vrbringt odr am Schteier vu am Sechzylinder sitzt, zu deam passt Josef odr Sepp it so guat. Deas passt scho eh'r zu uim, wo uf' m Feald schaffed.

Und Josefiene eher zua uiner, dia d' Socke, wenn se a Loch hond, it in Müll duat, sondern fein säuberlich schtopft. Doch wo gits heid no solche Lit. Obwohl dia olte Bureschränk und Truha sind oh wiedr modern worre. Manche Lit sind vu lutr guat easse wiedr zum Getreidebrei vu de olte Germane zruckkumme. Odr sia schwöred uf an Malzkaffee vom Pfarrer Kneipp und schtricked in ihrer Freizeit Schofwolljanker. Was muisch du Sepp, wartemer's ab!

## Manchmol

Manchmol wet i ebbs sage, doch a andra sait's.
Manchmol wet i ebbs seah und a andra sieht's.
Manchmol denk i ebbs noche und niemand woiß was.

## Konzert

Dahui mached mir bei so ebbs de Radio us und heid sotted mr weags am Konzert no us'm Hus gong. Rasiere, de Hals wäsche, a bessr's Hemmed azieh und no schnell deas ufgwärmte Ziag vu heid Mittag abewirge. D' Kind jucked no im Bett rum und schreied.
Dass ihr mir bloß it wiedr ufschtandet und Fernseh gucked, su's kenned 'r morge ebbs erleabe. Wia mr grad gong wend, as isch höchschte Zit, so zehn Minuta vor Achte, entdeckt Klara uf ihrem Kloid an Marmeladefleack. Deas passt grad no. De Deifl soll dean hole, dear is heid frieh dia Karta in's Konzert gschenkt hot, bloß weil dear hot welle dahui bliebe.

# Ma ka's it erkläre

De Mond, der olt Ma schtoht blass hinterm Fenschtr
und d' Schtern wie Pinktle in schtockfinschtrer Nacht.
I hock mit ra Tasse Kaffee, guck und frog mi:
Wia isch deas entschtande, wear hot deas alls gmacht?

D' Nacht isch so schtill, as louft bloß de Radio
und schpielt grad a Lied us vrgangener Zit.
Wie lang isch deas her, as wandret Gedanke,
wo sind doch dia Johr na, wie sind se scho wit.

Vielleicht isch as guat, dass ma it alls ka erkläre
und dass ma uf etliche Froga kui Antwort ka geah.
Vielleicht isch as guat, wenn Geheimnisse in is bliebed,
um bessr deas Kluine, – deas Kluine zum seah.

As fangt scho a dage, hinda beim Grünte
und d' Sunne zoigt scho a bizle ihr Gsicht.
Dia erschte Vögl fanged a singe,
a oigene Wealt, wenn d' Dunklhoit bricht.

I ka dia Schtimmung no gar it begriefe,
in mir hanged a ufgwühlte Nacht.
So elend groß und doch klui zum Griefe,
was hot bloß der Morge mit mir heid scho gmacht!

Vielleicht isch as guat, dass ma it alls ka erkläre
und dass ma uf etliche Froga kui Antwort ka geah.
Vielleicht isch as guat, wenn Geheimnisse in is bliebed,
um bessr deas Kluine, – deas Kluine zum seah.

# D' Gitarre

Näh bei mir will i di gschpiere,
uifach mit dir zemmed si.
Wenn diene Soita lached, wenn se weined,
deas isch dia schänscht Zit fir mi.

Dien Klang hot mi nia loslong,
deas Suache noch dir endet nia.
I ho glearnd di zum begriefe,
viel Schtunda bloß du und i.

As isch hald ebbs it zum beschriebe,
du sechs Soita und i d' Musik im Grind.

Als Bua scho hot mir deas gfalle,
deas Suache noch ra Melodie und am Takt.
Noch deam do re mi fa so la ti do
und noch am starke Lied wo di packt.

Du gisch mr deas Gfiehl, loss di falle,
in Liedr wo de Augeblick no hebt.
Deas Schpiel mit diem oigene Zaubr,
a Wealt uf sechs Soita entdeckt.

Ibr all dia Johr hot sich nix gändred,
wia oft ho i mit dir zemmed gschpiert,
wia d' Liedr in mir dinn vrwached
und as mi zum Schpiele zieht.
Beim Huifahre durch d' Nacht, 's Gfühl
dear Obed hot mi glücklich gmacht.

As isch hald ebbs it zum beschriebe,
du sechs Soita und i d' Musik im Grind.
Danke, dass mir is begegnet sind.

# ‘s Leabe isch a Blume

Heid bisch am Ball, du fühlsch di groß,
a jeda ladet di zum Danze i.
An Burzlbomm macht heid di Glück,
as kinnt it schänr si.

Du hosch viel Freind, bisch nie allui,
mit diene Gedanke und diene Gfühl.
Ihr mached vieles mitanand,
dreimed vom große Ziel.

I deam Moment,
do denkt kuiner dra,
wia schnell de Wind sich dreht
und alls vrändre ka.

‘s Leabe isch a Blume,
a Blume dia oft zu schnell vrblieht,
loss se leichte und schtrahle,
bevor se ihre Farba vrliert.

De Himml isch so wit,
de Summr dreit si schänschtes Kloid.
‘s Leabe schwimmt im Wolkemeer,
an Zaubr macht sich broit.

De Mond und d‘ Schtern lached dir heid zua
und schpanned an Boge ibr d‘ Wealt.
De Summrluft bringt ‘s Herz zum Schwinge,
wenn er si Lied vrzellt.

‘s Leabe isch a Blume,
a Blume dia oft zu schnell vrblieht,
loss se leichte und schtrahle,
bevor se ihre Farba vrliert.

# Zit

Zit fliegt devo as wie de Wind,
d' Johr und Däg vrgond so gschwind.
Zit schtoht neabe dir
so lang wie d' Wealt sich dreht,
Zit bringt alles bis an's End.

Du kusch uf d' Wealt, hosch endlos Zit,
vor dir do liegt a wittes Feald.
Zit dreht sich mit dir,
zieht die mit, loht di numm zruck,
Zit schtiehlt diem Leabe Schtuck um Schtuck.

Manchmol, do goht se it vrbei,
manchmol ka se it schnell gnua sei.
Zit zoigt dir de Weag,
begleited di bis an di Ziel,
fir Arm und Riech deas glieche Schpiel.

# Nix mitneah

Du kasch an Pfarrer
odr oh an Hare Krischna si.
Im Schneidersitz de Friede suache,
de gröscht Bierdecklsammler si.

Wenn as Zit isch musch alls abgeah,
du kasch hald gar nix mitneah.

Du kasch de gröscht Macho
odr de Krettemacher vu Bizlings si.
Kasch Kunscht odr Kitsch produziere,
deas isch doch so wurscht as isch so gli.

Wenn as Zit isch ...

Du kasch zehe Hiesr,
Autos, Jacht, doppled, alles dreifach hong.
Bisch oh de Mischtr Universum,
uf uis kasch di gwieß vrlong.

Wenn as Zit isch ...

Du kasch faul dahui rumliege,
odr mit'm Fahrrad bis uf Zugschpitz fahre.
Jeden Dag im Fitness ploge,
dir nix loischte alles schpare.

Wenn as Zit isch ...

Drum mach us'm Leabe uifach meh,
as goht jo it bloß um Geald und Macht,
deas ibrig Ziag fir 's Leabe gmacht.
Vrsuch 's Leabe uifach so zum seah,
wenn as Zit isch musch alls abgeah.

# Huimatfilm

Wenn ma heid amol ins Kino goht
und gucked wie de Trend so schtoht,
do merksch: Huimatfilm sind wieder in,
mit Sankt Katrein und Sennerin.
Mit Herz und Noschtalgie
kriesch d' Lit hald no ins Kino ri.
Wo de Zither Max singt 's Huimatlied,
dr Gletscher ruft, de Enzian blieht,
dr Hirsch röhrt wild am Wendlschtui,
dr Wildrer Luis hockt hinterm Rui.
Fir d' Filmemacher ischs oft schwer:
Wo krieget se dia Schtatischte her?
Denn 's Feanschterle, de Watschedanz,
sind Sacha, dia vrschwindet ganz.
Jedoch letschtn vu Münche dear Produzent,
hot trotzdeam do an Ussweg kennt:
Abgschproche mit am Filmvrleih,
setzt er jetzt Gaschtarboiter ei.
Do schpielt dia resche Sennerin,
d' Heike Schulz dob vu Berlin.
Und dr Luis mit siener Wilderei,
dr Erdogan us de Türkei.
Dr Jäger Lenz vom Luisachtal,
deas macht de Jupp us Wupprtal.
Und d' Ledrhose samt Gamsbarthüat,
hot er im Alpevrleih no krieht.
Dear Film isch it amol so schlecht,
doch isch hald leider fascht nix echt.
Doch uis deas schtimmt dinn ausnahmsweis:
De Kurgascht schpielt a echta Preiß!

# Umzug

Wenn jemand isa Wohnung kennt,
dia isch hald z'klui an Eck und End.
A Johr lang schwetzt ma jetzt scho rum,
mir ziehned in a größre um.

Und endlich war as denn so weit,
de Hausherr hot sich it grad gfreit.
Mir hond kündigd, jetzt guckt der Ma,
uf alle Fäll is gar numm a.

Jo, jo, jo jo mir ziehnen endlich um
und i wär froh dear Umzug wär scho rum.

Jetzt suched mr so umanand,
a Wohnung do siehsch allerhand.
Mir sind schier am vrzwabbsle gwea,
bis mir dia richtige hond gseah.

Sechs Wocha sind's jetzt zum Quartal
und scho gohts los dia Umzugsqual.
Scho schtandet Kischta i ra Eck
und Vorhäng dia sind ou scho weg.

Am Erschte schellets und fünf Ma,
schtandet vor de Husdier da.
Dia halted it grad viel vom Gucke
fanged a in d' Händ zum schpucke.

Kischta, Käschte und Klavier,
Komoda, Bettr, Kuchegschier.
Und taused Sacha it zum sage,
vrschwindet i deam Möblwage.
Und doch isch d' Schtube no it leer,
wo kut deas Ziag bloß alles her.

Jo,jo,jo jo so gohts mr durch de Grind,
wia unwarscheinlich reich mir sind.

## 's Karteschpiel

Drei Männr, jeda mit ra Pfiefe,
deas git a Luft, ma ka se griefe.
Sia hocked do mit rote Köpf
und kartled um old Hoseknöpf.

Sia hebed ab, geabed und misched
und gucked, dass se Drumpf vrwisched.
Sia schtreiched d' Bärt und mached Schprüch
und schtritted ibr jedan Schtich.

Dear Ui sait: „Deas wär no schänr!"
Und fuchtled mit 'm Oichlzehner.
Und wia dear neihaut auf dean Disch,
wie guat, dass dear us Oiche isch.

Dear Andr sait: „No gschtät, no warte!
Andre Leit hond oh a Karte.
Wart Huberle, dir schtopf i d' Gosch"
und meldet vierzg a, so jetzt hosch's.

Dr Dritt sait: „No kui lange Predigt"
'm blaue Affe vu Venedig.
So schpielt ma herzhaft abr rauh,
deas schtich i mit de Schelle Sau."

Und so gohts furt, sia schreied, händled,
bschießed, wenn's kuiner sieht und schwindled
und saufed riebig zwische ni,
'm Adlerwirt sien Moscht fir Wi.

# Man macht alles für die Gäste

De Herr Griebler vu Obruibach isch Fremdenverkehrsberater am Ort. A schtarka hochgwachsena Ma. Moischtens sieht ma ihn mit Lodejanker und Haferlschuah. Er dreit an Schnauzbahrt und isch allad solargebräunt. Im Moment krieht er grad a Telefongeschpräch vu Grunzlers Sepp. De Wirt vom Gaschthof Hirsch. „Ja, hier Fremdenverkehrsberater Griebler!" „So sell am Apparat, deas trifft sich guat. Do isch Grunzlers Sepp. I muaß ihne sage, deas Geald wo i letschts Johr ussgeah ho fir ihr totsicheres Gäschteprogramm, het i in Ofe schiebe kinne." „Aber Herr Grunzler es tut mir ja leid, dass ihre Gäschte nicht überall mitgemacht haben. Aber im wilden Mann und im Gasthaus zur schwarzen Sau war mein Hobby Paket JEKAMI 'jeder kann mitmachen' ein voller Erfolg. Da werden doch die Touristen mit Essstäbchen schnitzen oder Seidenblumenmalen aus der Reserve gelockt. Was, das ist bei ihnen nicht angekommen? Keine Sau wollte mitmachen! Und wie war's mit den Kursen, Laubsägewettbewerb, Flaschen bemalen oder eigenes Andenken basteln mit Prämierung? Was, ausgefallen wegen schlechter Beteiligung? Aber Herr Grunzler, sie wissen doch unser Verkehrs Aktions-Service ist fast unerschöpflich. Ich biete ihnen als Ersatz, natürlich mit einem kleinen Zuschlag, Schneemann bauen, Pilze sammeln oder ganz schick ist Planwagentracking. Wenn dies alles nicht begeistert, müssen wir eine Schublade tiefer gehen. Wie wär's mit einer organisierten Schlägerei in ihrer Gaststätte oder einen fingierten Waldbrand oberhalb ihres Gästehauses?" Peng!! Grunzlers Sepp hot ufglegt. „So a Depp! Ab sofort mach i wiedr Plattlerobed mit Gamsbartprämierung. Do isch de Lade wiedr voll."

# Fruscht

Alles Grattler, Wichtigmacher,
falsche Hund de letschte Dreck.
Lotschigs Gsindl, Liegebittl,
bschisse wirsch an alle Eck.

Heid kasch alls vrgeasse,
alls isch numma wie as war.

Bessrwisser, Fiedleschliefer,
Drimmsler, alle in uim Loo.
Hoseloddrer, wüschte Laggl,
Kleschbes, Lahmärsch, alles do.

Heid kasch alls vrgeasse,
alls isch numma wie as war.

Alles roschtig und so schmuddlig,
alls vrknittred zemmetgnäht.
Uifach kähl, furchbar greißlich,
gammlig, vrwickled und vrdreht.

Alles leprig zemmetbapped,
gschterr, vrflagged und vrbuggd.
Alles schtinkig und vrmodred
in am Hufe zemmetdruckt.

Heid kasch alls vrgesse,
alls isch numma wie as war.

# I ma deas

I ma dia Sepiafotos,
dia Bluma am Klavier,
im Schtuhl dinn dia old Puppe,
weil i do dinn so viel gschpier.

Uf'm Kaschte dia Gläser,
d' Gitarre a de Wand,
uf'm Ofe dia olte Schissla,
in Erinnerung alls do beinand.

I ma dia gmoled Schtille,
wenn as fangd zum diemre a
und wenn i in Gedanke,
an Dag beende ka.

I ma dean olte Radio,
dia Bildr um mi rum,
am Simse miene Schtuiner,
vu jedem Johr a Drumm.

I ma dean olte Kaschte,
er erinnered mi an dahui,
an dia Giege vu miem Vatr,
so bi i nia allui.

I ma dia Kirze uf'm Disch da,
dezua a Musik, wo i gschpier,
um mi rum so viel Erinnerung,
dass i nia mien Halt vrlier.

# Fahrplan retour

Wia doch d' Lit dia Wealt durchwandred,
vu do bis deat, johrus johri
und voll Begeischtrung vrzelled,
wi's do und deat isch herrlich gsi.

Doch wenn se frogesch ibr 's Allgai,
was as do doch alls schäs git,
do mached se reat oigne Gsichtr,
ma gschpierts sia kenned's hald it.

Wear 's Allgai im Friehlingshäs, it kennt,
no nia isch uf'm Hohgrot gwea,
nia baded hot an deana Weiher,
wo vrschtreid im Land kasch seah.

Wear no nia dia Bildr gseah hot,
wenn d' Sunne am Grünte ufgoht,
am Alpsee dia vrruckt Schtimmung,
wenn iber'm Wassr de Neabl schtoht.

Wenn im  Wintr d' Königsschlössr,
vrzuckred ihre Gschichta leabe lond,
wieße Flocka 's Allgai ibrdecked
und Liechtr ibr d' Gipfl gond.

Wear deas it sieht, do muaß i sage,
as isch schad, denn uis isch gwieß,
ihr loufed mit vrbundne Ouge,
um de Haag vom Paradies.

# Aufwind

Ho i miem Leabe no nia an Schtress ghet,
ho mi no nia bsunders gschtreckt
doch was du machesch, hot mi begeischtred
hot in mir a Fuier glegd.

Du bisch de Wind untr miene Fliegl,
driebscht mi dief in Himml ni.
Dreisch mi nuf bis zu de Wolka,
schä mit dir zemmed si.

Diene Gedanke sind ebbs bsundrs,
uf dia dät i gar nia kumme,
sia lond mir vieles andersch seah,
drumm ho i an Höhe gwunne.

Du bisch de Wind untr miene Fliegl,
driebscht mi dief in Himml ni.
Dreisch mi nuf bis zu de Wolka,
schä mit dir zemmed si.

So wia du schwetscht, leabsch du oh,
du wirsch nia an Umweag nea,
hosch mr Freiheit, Luft zum schnuufe,
Kraft und Ufwind geah.

Mir sind mitnand durch 's Leabe gseagled,
sind hald uifach glücklich gsi,
Heid isch dear Ort so wit aweg
an deam i domols gschtartet bi.

Du bisch de Wind untr miene Fliegl,
driebscht mi dief in Himml ni.
Dreisch mi nuf bis zu de Wolka,
danke, dass i dir begegnet bi.

# Schpät im Johr

D' Okarina schpielt ihr Hearbschtlied
a oiges Rondo in moll
i de Luft de Rauch vom Kartofflfeier
d' Furcha vom Acker treffed sich am Horizont
d' Novembrsunne grabt sich an Tunnl durch 's Johr
und iber mir allad deas Lied vu dear Okarina.

# D' Neigier

D' Neigier isch a elends Gfrett,
ma kas oft it vrschtecke.
Vrdächtige Buchtitl kenned do
ganz bsunders 's Intresse wecke.

A Buchhändler vu Kempte ra,
hot ibral Werbung gmacht.
Si Buch, deas sott a jeda hong
no vor dr Hochzitsnacht.

De Titl war „Was muaß a Mädle
vor de Hochzit alles wisse"
und neigierig wie d' Lit hald sind,
alls hot sich um 's Buch grisse.

Und jeda hofft do schtoht beschtimmt
was ganz Pikantes dinn.
Dia vierzig Euro sind ganz gwieß,
scho bald an große Gwinn.

Zu so was hot ma jeder Zit
a Gealdle uf dr Sitte.
Deas muaß ma uifach kumme long,
muit d' Senz vu Oberritte.

Doch wie deas Buch vu Kempte kut,
krieht sie ganz große Auge:
Was soll i mit am Kochbuch du?
Sie kas no gar it glaube.

Dass 's Gwisse it ganz subr war,
liegt ganz klar uf de Hand.
Zruckgeah hots d' Senz numm,
sus heat dear ebbas gschpannt.

# D’ Huimat im Friehlingshäs

Wenn wiedr warm dia Sunne schinnt
und oabre Bleazle lached,
wenn d’ Märzeglöckle dund am Diech
schtill unterm Schnee vrwached.

Wenn ‘s Schtärle ufm Äschtle huckt
und d’ Feaderle vrrupfed
und d’ Hase uf de Fealdr hind,
wia wild umnandr hupfed.

Denn isch as Friehling, do gucked doch her,
i bi uf dr Huimat so wäh.
I mui, sie ma mi und i ma se oh gern,
sus wär se it so schä.

Wenn d’ Amsla döt am Hölzle hind,
so luschtig Liedle singed
und Kuah und Schump und Buseler,
wia närrsch im Feald rumschpringed.

Denn isch as Friehling, do gucked doch her,
i bi uf dr Huimat so wäh.
I mui, sie ma mi und i ma se oh gern,
sus wär se it so schä.

# Nochedenke

De Neabl zieht durch 's Dal,
de Oschtner singt si Lied
und Selbstgeschpräch fanged in mir a danze.
D' Wealt schloft unterm Schnee,
schwarze Vogl hind am Bach,
i miem Zimmr kämpft d' Schtille gege Uhr.

As isch dia Zit, as isch dia Zit
zum Nochedenke.
As isch dia Zit, as isch dia Zit
zum Nochedenke.

's Leabe zieht sich zruck,
wit nie in's hinterscht Eck,
vrlore schtoht a Schneema duss im Garte.
Vrwäsche grau dr Himml,
du siesch kuin Weag, kui Schpur
und du muisch du hosch a Sunnebrille uf.

As isch dia Zit, as isch dia Zit
zum Nochedenke.
As isch dia Zit, as isch dia Zit
zum Nochedenke.

De Wind gfriert alls zua Iis,
zieht lange Näsa a de Käner
und d' Hiesr ducked sich dief i de Neabl.
D' Bämm schtrecked kalte Fingr,
mi Hirn isch heid vrnetzt
mit de Alpesynphonie vom Richard Strauss.

De Obed färbt de Schnee,
d' Fealdr vrsinked hintr de Sunne,
a olte Zitung vrzellt vu Geschtern.

As isch dia Zit, as isch dia Zit
zum Nochedenke.
As isch dia Zit, as isch dia Zit
zum Nochedenke.

# Dr Locher

Dr Locher hot Läscht mit 'm Arm,
a Rheuma, dass es Gott erbarm.
Deas reißt und beißt, zerrt und zuckt,
schnurrt und schticht as wia vrruckt.

Er hot scho vieles usprobiert:
De Arm mit Schwieneschmalz igschmiert,
hot oh a Katzefell rumbunde
doch deas was hilft, hot er it gfunde.

Er sauft a Fläsche Zwetschgeschnaps
und denkt am Ende no: „Do klappts!"
Er liegt ins Bett und schwitzt und schwitzt
nix hilft: Deas Rheuma, jo deas sitzt.

Er goht zum Doktr weags deam Schmerz.
Dear klopft an Buckl, horcht am Hearz.
Er guckt in Hals und noch dr Zunge,
loht 'n huschte weags dr Lunge.

Er deat ihm jetzt a Salb vrschriebe,
do soll er denn sien Arm iriebe.
Denn dia animalisch Wärme sei
viel bessr no als a Arznei.

Doch weil dr Locher gar it woiß,
was deas „animalisch" hoißt,
drum hot er hald deam arme Ma
deas vrdeitscht, so gut er ka.

Deas Reiße het er oh scho ghet,
und wenn er's gschpiert, ging er ins Bett
und wärmt sich fescht an siener Frau.
Deas hilft bei ihne ganz gwieß au!

Und deas hot jetzt de Locher gfreit.
„Mir mached dean Termin no heid!"
Er hot so mit de Auge zwickt und gfroged:
„Wenn wärs denn de Frau Doktr gschickt?"

## Sunntag im Bett

Jo so a vrrengeda Sunntag Morge,
dussa schittets zum Verrecke.
Do git as doch nix schäners,
wie im warme Bett di schtrecke.

Uffschtong, gar it dra zum Denke,
i blieb de ganz Dag i miem Bett.
Höchschtens a paar Büchr hohle,
wenn i ament lease wet.

Dreime, gähne, d' Füaß usschtrecke,
Radio lose, d' Auge zua.
Decke ibr d' Ohre zieh,
und zwischenie a Schläfle dua.

Morge-, Mittag-, Obedesse,
alles liegend, nix im Schtong.
Zwischenie a Tasse Kaffee,
fuul si, uifach loufe long.

I lieg bis z' Obed i de Kischte,
fühl mi i miem Bett geborge.
Grad ho i mi ans nix Dua gwehnt,
do isch scho wiedr Montag Morge.

Akustische Gitarre
Stimme

# Indoor

Werner Specht

2. Strophe
Bätschnass, jo deas deat mir no fehle,
so ebbs kut bei mir numm vor.
I ho jo alls i miener Kischte
mi Leabe isch indoor.

A Wanderung an Pfänder
deas mach i mit dr Muus.
D´ Füass i de warme Botsche,
ganz gmietlich i miem Hus.

Refr.
Jo deas isch gschickt, jo deas isch supr,
deas leg i mr oh zua,
do buch i numma nuss zum Loch
und ho dahui mi Ruah.

SOLO

3. Strophe
Ikoufe mach i im Netz,
bruch it an d`Kasse schtong.
Deas ka i alles gmietlich,
in miem Computer hong.

I bi vrsorged Dag und Nacht,
bi nia meh butzallui.
Wenn i uf a Taschte druck,
isch d´Wealt bei mir dahui.

Heid frieh kriag i a Schriebe,
mir wird de Schtrom abgschtellt.
I sott jetzt outdoor schaffe gong,
isch deas a böese Wealt.

# Millione Gschichta

Werner Specht

E A
d'Au - to- bahn goht mr d'Wealt durr de Grind.
A Refrain D
Viel mil-lio - ne Men - sche, Viel mil-lio - ne Gschich
A
- ta uf deare Wealt, Viel mil-lio - ne Men
D A
- sche, Viel mil-lio - ne Dreim uf dea - re Wealt.
3.Strophe A D A
Je-da leabt si Zit hot Fa-mi- lie, o-dr isch al- lui,
E
guckt Fern-seh, woiss was bes - se-res, macht Ur- laub, o-dr bliebd da-hui.
A A D A
a je-da hot sie-ne Gschich-ta, je-da for-med si Wealt.
E
Dear ui ma gschloß - e - ne Lä - de,
A A Refrain
dear An dr d'Karrie-re und Geald. Viel mil-lio - ne Men

# Dr olte Cellischt

Si Cello dief im Herz vrgrabe,
hot er alls geah, im Liecht zum schtong.
Doch Däg sind olt, d' Musik vrschtummt,
er und si Cello zwische Danz und Trauer.

Bei olte Mond und schpäter Schtund,
dreimt er uf siener kluine Garteinsl,
hockt ufm Schtuhl und guckt ins Nirgendwo,
zu deam unbekannte Zemmetsi.

Ganz allui und doch so frei,
schwetzt er mit siene Bluma
und hinda d' Sunne zwische graue Wänd,
bringt ihm de Dag a Schtickle nähr.

Er suacht im Liecht vu Wolkebildr,
noch Linien und ra Melodie,
schpielt noch 'm Takt vu Sunneflecke,
füllt leere Schtunda mit Fantasie.

De Beifall hot de Wind wegtrage,
hotn vrschtreit uf dr ganze Wealt.
Tön sind vrschtummt mit schwere Fliegl,
treit er si Schicksal ni in d' Schtille.

Si Cello dief im Herz vrgrabe,
hot er alls gseah i deare große Musikwealt.
Doch Däg sind olt, d' Musik vrschtummt,
er und si Cello zwische Danz und Trauer.

# Bsuach im Schtall

A Buur isch an am Morga frieh,
allui im Schtaal bei siene Küh.
Sit Wocha rengets, 's Gras isch nass,
Küah schießed dünn, ma kennt dean Schpass.
Zmol klopft as a dia Schtaaldier na,
a Ma kommt ri, mit Azug a.
Wie herrlich dear „Grüß Gott" schee seiht,
und unterm Arm a Mäpple dreiht!
Froget siaß, ob er deat schtöre:
„I bi doch reat beim Buure Schlöre?"
De Schlöre git 'm zum vrschtong:
„Vu mir us kinntesch wieder gong!"
A Kuah duat lut, dear Ma vrschrickt.
Er seit: „I bi ... äh ... ma hot mi gschickt.
I kumm", ... er redet numma lut,
„vum Buureforschungsinschtitut."
Ob er i de Schul war und wia lang
und wia er mit em Geald umgang,
frogt er und gruschtled i de Däsche.
Wia oft duet sich a Buur no wäsche?
Sind Ihr ou scho im Flieger gfloge?
Alls schriebt er uff sien Frogeboge.
Ob er gern isst, zum Beispiel was,
kocht er mit Holz, elektrisch, Gas?
De Buur wird bei der Frogerei
ganz ungeduldig nebebei.
Er woiß, was siene Kühle ploget.
Er seit: „Deas gfallt mir, was ihr froget.
Ihr sind in ihrem Fach ganz uf dr Höh",

und denkt: Der sott zur Bless in d' Näh.
„Zum Schriebe muaß ma ebbas seah,
gond hinter Bless, do sieht ma meh."
„Gell, was so a Liecht em Mensch ka nütze!"
- Wart a bizle, Bless, glei kasch schpritze. -
Dr Herr frogt, was der Buur so denkt
im Schtaal dinn, wenn er Kälbr dränkt.
Er schtoht bei dr Bless grad i dr Näh,
do hebt se scho de Schwanz i d' Höh.
De Buur denkt: Bless, jetz loss as fahre,
du kasch denn z' Obed wieder schpare.
Wias d' Küah so hond, sie hot it bsunne,
hot laufe long grad wia a Brunne.
Und der Herr mit Frogeboge,
isch wia a Dorte ibrzoge.

# Mathes isch gschtorbe

Dr Mathes dear wird heid beerdigt,
wenig Lit hond a Bedaure.
'S ganz Leabe isch 'r massig gwea,
wia viel so sehre Baure.

Doch mit dr Liech gond alle mit,
dr Liedrkranz und d' Feierwehr.
Im Dorf do isch as hald so Brauch,
ma git em Mathes dia letscht Ehr.

Im Adler isch jetzt d' Schtube voll,
heid hond sich alle troffe.
Dr Wirt kut mit 'm Bier numm noch,
as wird bigottisch gsoffe.

De Xaver schtimmt a Liedle a
und alls duat kräftig mit.
Ma singt und pfieft bis Obed isch,
bloß 's danze duat ma it.

Uf uimol kut 'm Kapplers Fritz
a oigena Gedanke:
He Lit, seit er, weam hommr heid
deas Feaschtle zum vrdanke?

'm Mathes, denn wär er no,
no allewiel am Leabe,
denn het as und deas isch gwieß,
kui Bier fir is heid geabe.

Drum nemmed eire Gläsr her
und schtoßed mit mir a!
'm Mathes heid a dreifachs Hoch,
schreit jeda was er ka.

A dreifachs Hoch und nommol Hoch,
schreied alle mitanand,
dr Mathes wemmr leabe long,
sus wär mr it beinand.

# Wintr kolta Freind

Werner Specht

A E B A E E
Fre-ind i ma di, loss die schtar - ke Kraft in mi ni gong.
Solo
E A E B A
E E A E
B A E
Strophe
Dien
B E B
gfrohr-ne Weag dear git is Hoff-nung, imRausch vom Lea - be
E A
und Vr-gong. Lernsch is in´s Lea-be zruck zum fin
E E A E
- de, mit is-rer oig - ne Wär-me lea - be long.
Refrain
E A E B
Ko - ol-ta Fre-ind i ma di, deck doch is - a Land
A E E A
mit Schtil-le zua. Ko - ol-ta Fre-ind i
E B A E E
ma di, loss die schtar- ke Kraft in mi ni gong.

# Kindrwealt

♩ = 80

Werner Specht

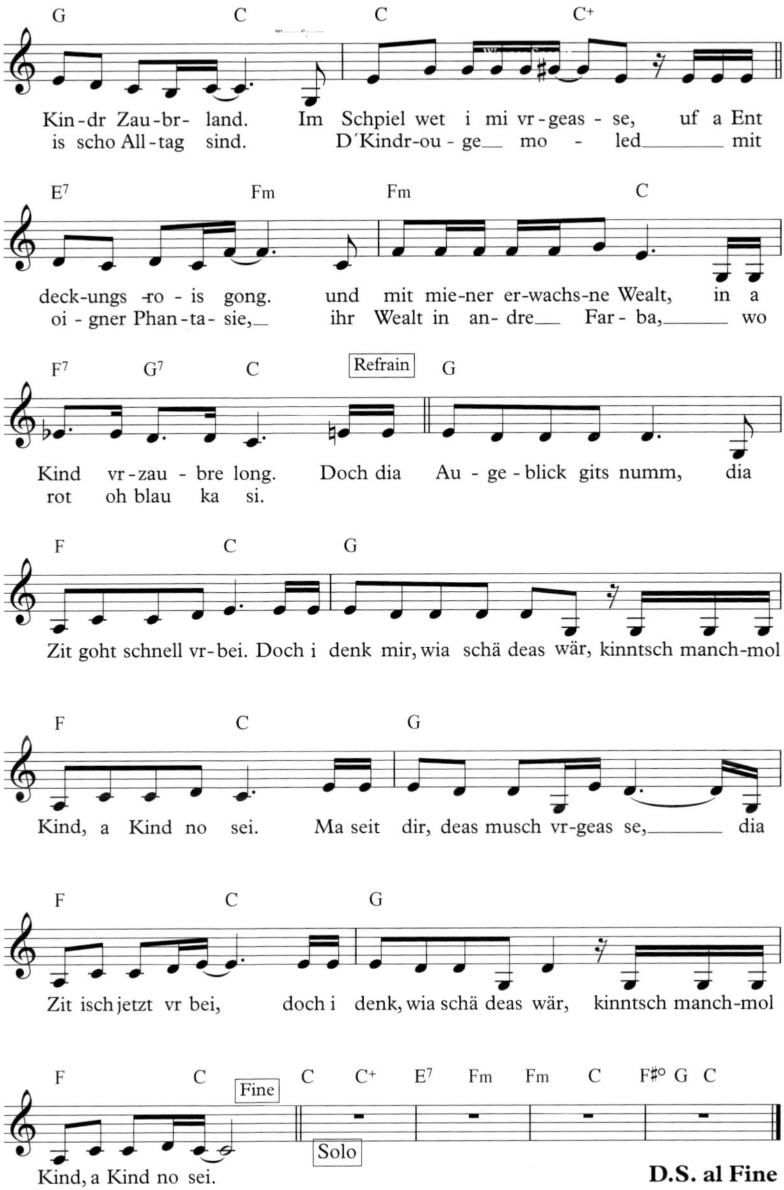
G C C C+
Kin-dr Zau-br- land. Im Schpiel wet i mi vr-geas - se, uf a Ent
is scho All-tag sind. D´Kindr-ou-ge mo - led mit
E7 Fm Fm C
deck-ungs -ro - is gong. und mit mie-ner er-wachs-ne Wealt, in a
oi - gner Phan-ta- sie, ihr Wealt in an- dre Far- ba, wo
F7 G7 C
Refrain
G
Kind vr-zau - bre long. Doch dia Au - ge - blick gits numm, dia
rot oh blau ka si.
F C G
Zit goht schnell vr- bei. Doch i denk mir, wia schä deas wär, kinntsch manch-mol
F C G
Kind, a Kind no sei. Ma seit dir, deas musch vr-geas se, dia
F C G
Zit isch jetzt vr bei, doch i denk, wia schä deas wär, kinntsch manch-mol
F C
Fine
C C+ E7 Fm Fm C F♯° G C
Solo
Kind, a Kind no sei.
D.S. al Fine

# Huiweh

De gliech Himml wia dahui
dreit mien Dromm wit aweg,
guck uf 's dunkle Meer,
bi gfange a deam Fleack.
Dief in mir hockt 's Huiweh
und singt a traurigs Lied,
i ka kuin Halt meh finde,
wenn as mi an Bode zieht.

Ho mi do her vrlore
und gsuacht was as it git,
a fremdes andres Ufer
und 's Dahui isch doch so wit.
De Zaubr vu miem Fernweh,
isch schnell in mir vrblasst,
ho gschpiert was hoißt allui si,
wenn 's Huiweh noch dir fasst.

Dia Wealt wo du dahui bisch
singt a andrs Lied,
vrzellt ganz andre Gschichta,
wenn 's Huiweh durr di zieht.
Dia Wealt wo du dahui bisch
roist allad mit dir mit,
dia Leabe isch hald endlich,
denk dra so lang se's git.

I kenn dia dunkle Schtroßa,
wo 's Gfühl in dir dinn gfriert.
Ho in viele Großstädt,
de Dreck und 's Elend gschpiert.

I schtand a de rot Ampl
und wart jetzt uf deas Grie.
Vrsuach in mir zum finde
was as hoißt dahui zum si.

## Unheimliches Schtuck

Im Fernsehschirm sieh i a Schtube,
dia liegt so schtill im Dunkle,
dia Bildr hanget gschpenschtisch rum,
sieh a paar Lampa funkle.

De Disch und d' Schtiehl dia ahnt ma bloß,
alls duat sich so vrschtecke
und bloß a Lampe hanget groß
und ussglöscht a dr Decke.

An Ma scheints riehrt sich diaf im Schtuhl,
deas wird der Kerle si,
wer woiß was dear jetzt denkt und will,
do kut a Frau no ri.

Dia legt sich hind uf 's Kanapee,
wo a kluis Liechtle brennt,
ganz langsam sieht ma 's Liecht ussgong,
deas Schtuck nimmt kui guats End.

I wart und wart, nix gschieht im Hus,
jetzt kut as fascht no schlimmr,
de Fernseher isch lang scho us,
i sieh mi oiges Zimmr.

# Uifach gschpiere

Wenn's amol um halbe Fiefe,
zobed fangt zum diemre a,
wenn ma hind am Kachlofe,
brotne Äpfl finde ka.

Wenn amol, oh wenn se miad isch,
d' Muttr am Morge no bei Nacht,
ufschtoht und scho vor 'm Kaffee
fuchzeh Bleach Konfektle macht.

Wenn amol dia Hergottsiache,
gar so lieb und artig sind,
dass ma vor lutr brav si,
sich wirklich froged ob se's sind.

Wenn dia klui Vreni am Klavier hockt
und schpielt bloß no Schtille Nacht
und bei de hundertschde Wiederholung
allad de gliech Fehler macht.

Wenn dear klui Hoseschießer,
oh scho Kloseliedr singt
und vor lutr viele Wünschle
's Muul numm zemmet bringt.

Denn goht 's Johr so langsam usse,
Wiehnächte schtoht vor de Dier
und i ka mi glicklich schätze,
wenn i dia Moment no gschpier.

# Was i deam Blättle schtoht

Was fir Zaubrtricks Politiker hond,
wo d' Schtars in Urlaub eiegond.
Welcha Film isch zur Zeit in,
was hot d' Madonna grad im Sinn.

Welche Mode nächschts Johr kut,
isch Beckham's Ehe scho kaputt.
Wer sich wiedr scheide loht,
de Bohlen mit ra andre goht.

As isch mr gli, was i deam Blättle schtoht,
weil's mir em Buckl abe goht.

Wear wet wiedr heimlich hiere,
wia wird Lagerfeld Geburtsdag fiere.
Welches Event sottesch dringend seah,
wird's Pilcher Film no längr geah.

Welches neie Glück hot jetzt de Boris gfunde,
de Beckenbauer d' Schoidung ibrwunde.
Wo ma z' Paris zum shope goht,
was ma untr Aging-Lift vrschtoht.

As isch mr gli, was i deam Blättle schtoht,
weil's mir em Buckl abe goht.

Was kocht Claudia Schiffer fir de Ma,
zieht sie de Belg Versace a.
Hot d' Lisa Fitz an ihrer Bruscht ebbs dong,
Bill Gates si Katz kaschtriere long.

Doch, i woiß, viel sind intressiert,
was i dear Bunte-Glitzrwealt passiert.
Stars und Mode fülled jeden Raum,
bis in's Detail, du glaubsch es kaum.

Doch zu was hosch denn dien oigne Grind,
i deam dia schönschte Sacha dinna sind.
Schtell dr vor was du vrseimsch,
wenn bloß vom Glück vu andre dreimsch.

Drum isch mr's glie, was i deam Blättle schtoht.

# Kaffeerunde

Jetzt hot deas doch endlich amol klappt mit isam Kaffene. Deas isch gar it so uifach, bis do alle zemmet bringsch. Dia uine sind uf de Baleare, dia andere in Tailand odr su's irgendwo uf dear Wealt. Jo Marie, deas muaß i grad no sage, deas war 's leatschde mol, dass i in Tunesien beim Bade war, alls volla Qualle. Deas vier Schterne Hotel deat bei is it amol uin kriege. Jo so ebbs ho i oh scho vrleabt in Jakarta. Deas hom'r is abr it gfalle long, do isch as zu am Prozessle kumme. Mei as isch scho schwer, dass ma allad deas Richtige vrwischt. Was kinnt ma doch alls mache. Jetzt ware' mr vor zwoi Johr am Baikalsee und 's letscht Johr in Kalifornien. Und heier endlich, mien große Dromm, noch Neuseeland. Was oh ganz supr war, vor vier Johr uf de Fidschi Insla dia Sunneuntrgäng und jeden Dag deas fünf Gänge Menü. Verruckt! Jo mir ma-

ched eher so Schtätdetoura, wia letscht's Johr so Barcelona und Madrid. Hald uf Kultur. Sichr wird deas allad schwieriger. In Peru, deas hot is guat gfalle, do kasch acht Wocha leabe, do wär bei is in ra Woche scho 's Geald weg. I woiß jetzt it was de Karl heier vor hot, er suacht irgend a Hotel in Indien. Jo und Senz wo gond ihr heier na? Mei de Adolf wett heier wiedr in Schwarzwald fahre. In de Schwarzwald? Oh je. Do kasch jo glei dahui in Gebratzhofe bliebe.

## A Mess lease long

Do hot amol, i de Nähe vu Wertach, a Baierle fir si vrschorbene Frau a Mess lease long welle. Wie er 'm Pfarrer dia zehn Euro in d' Händ druckt,- dean Preis, dean er allad zahlt hot fir so a Mess - do seit de Pfarrer: „Deas langed denn numm, d' Kirche hot dia Gebühra erhöht." Do guckt deas Baierle ganz vrleage de Pfarrer a und seit: „Meh' Geald ho i it drbei. Jetzt leased ihr dia Mess hald solang wia 's Geald roicht."

## Im Krankehus

Do isch Uiner im Krankehuus gleage und hot schparsam Diät easse miaße. An Freind, dear 'n bsuacht hot, isch as schwer gfalle an Gesprächsschtoff zum finde. Doch er vrzellt 'm: „Geschtern bi i feudal zum Esse iglade gsi. Zersch hot as Lachs geah als Vorschpeis, nocher a Bachforelle, druf an garnierte Kalbsbrote mit Salat." Do hot dear Krank mit schwacher Stimm gseit: „Wenn jetzt no seisch Äpflkiechle, no hau dr uine in Gosch."

# A neia Mantl

„Du Georg, as isch höchschte Zit dass du dir wiedr amol an neie Mantl zualegsch. Kusch afange doher, ma muaß se grad schemme."

De Georg hot nix dickr wia deas aprobiere, deas us und deas azieh. Liebr gieng er zum Zahnarzt odr zu ra Blindarmoperation. Aber weags 'm Husfriede goht er hald mit.

„Grüss Gott, an Wintrmantl fir dean Herre do da. Mien Schwogr hot bei ihne amol so an gschprenklede kouft, dear war read zfriede. Er war it so dreckempfindlich und hot'n a bizle jugendlich gmached."

De Vrkäufer schleppt uin noch 'm andere doher. De Georg het sich glei fir dean erschte entschiede. Doch do fangt sia a. „Wissed se, dia Farba schtanded miem Ma it so guat. Hetted sia it a so an gschprenklede, wia dear vu miem Schwogr?"

De Vrkäufer lobed dean nächschte Mantl ibr Schelle König. Abr sia ka sich it entscheide. Er goht jetzt nomml ins Lagr und holt ebbs gschprenkleds.

„Dean nemme mr", seit de Georg. „Jo scho, abr dia Qualität vom Schwogr siem Mantl, hot doch dear ganz gwieß it. Hetted ihr it uin wo no abizle dezentr gschprenkled wär?"

De Vrkäufer goht nommol ins Lagr. „Jo, deas wär er, abr viel z'hell. Dean hot dear in vierzeh Dag vrsaut. Wenn se dean a bizle dunkler hetted." Jetzt bringt er dean selbe abizle dunkler. „Jo scho, aber mit Gurt, deas sieht jo so schtenzmäßig us. I wett uin ohne Gurt abr so gschprenkled. Do hond se is doch vorher uin zoiged, dear war gar it so schlecht. Au weh! A Seidefuttr, deas isch jo ebbs ganz difisiels. Deas isch nix fir de Georg. Vielleicht zoiged sia mir nommol den Erschte, dear hot no abizle an Biss ghet. Hergott Georg, sag doch oh amol ebbs! Du seisch it gig und it gag.“ „Jo, dear am Afang hot mir glei gfalle.“ „Deas glaub i, dass ma glei wiedr beim Loch duss gweah wär.“ De Vrkäufer merkt, jetzt muaß er alls packe und zur Kasse gong, sus kut as nia zua am End. Do fangt sia wiedr a. „Mensch Georg, deas isch doch nia dia Qualität vom Schwogr siem Mantl. Muisch it, dass dear klui gschprenkled it doch bessr wär.“ I deam Moment krieht se grad no dean junge Ma zum fasse. „Sia, mir hond is deas nommol ibrleagt, mir kummed morge mit'm Schwogr sell. I woiß it Georg, dass mir abr oh gar nix gfunde hond. Wenn du di bloß amol fir ebbs entscheide kinntesch.

# Wintr

Vu de Wolka iberm Bodesee
merksch, as kut scho bald a Schnee.
Und vor ‘m Hus de Wind reat kalt,
macht vor kuiner Husdier halt.

Millione Flocka danzed sacht
uf d’ Wealt i deare schwarze Nacht.
Und wieß wirds ufm ganze Land,
as schneit und wodled duranand.

De Wind jeicht d’ Flocka rumm und numm.
As schneit zwoi Schtund scho an uim Drumm.
Dr Hof und ‘s Dorf, dr Wald und ‘s Land,
deas dunkt uin nähr beianand.

Doch uf uin Deatsch isch zmohl a Ruah,
do macht dear dob de Schieber zua.
Und d’ Sunne schtroift glei mit uim Ruck,
dean schwere dunkle Vorhang zruck.

Doch kalt ischs duss, as pfieft it dumm,
de Sinz louft mit ra Kappe rumm.
D’ Kamie, dia rouched oige schtolz,
heid schiered d’ Lit mit Schtumpeholz.

Z’ Mittag kut d’ Sunne a weng russ,
doch dr Wintr bloost re ‘s Fuier us.
Z’ Obed fangt as wieder a,
a wieße Wealt, wia i se ma.

# Wiehnächte im Johr 2020

I ka mi no erinnere 1960 hot ma Wiehnächte no am hoilige Obed gfiered. 1970 sind um Nikolaus rum Chrischtbämm ufgschtellt worre. 1980 hond se i de Gschäftr scho im Novembr Weihnachtsgschenkle abote. Jetzt schpieled se scho vor Allerseele Weihnachtsliedr. Deas hoißt also, wenn deas so witrgoht, werred bald im Septembr scho Christbämm abote. Um 's Johr 2015 fallt Wiehnächte in Summr ni. Do ka ma denn de Moibaum glei zum Christbomm umfunktioniere. Deas hoißt also, im Johr 2020 isch Wiehnächte a ganzes Johr vorgruckt und Wiehnächte fallt wiedr uf de Hoilig Obed.

# Wiehnächte uf Kambotscha

„Du Josef, hosch heid scho Zitung glease? Jo vrruckt, wo du fir 999.- Euro iberal nafliege kasch. I bi uf alle Fäll heir z' Wiehnächte numm do. I hass deas Schneie, deas Schneeschiefle und dezua no dia Saukälte. Do mach i's mir scho gmiatlicher uf Kambotscha. Do knallt m'r an Wiehnächte d' Sunne uf de Deckl. I flieg am Donnrschdag ab Frankfurt mit Vietnam Airlins. Sia schriebed im Hotel sind lutr freindliche offene Lit. Empfange wirsch mit am supr Getränk i deam fünf Schterne Hotel Padodendalei. Am Hoilige Obed isch Übrnachtung agseit uf ra Dschunke mit Obedesse. Denn kummed no einige Dorfbewohner dezua, do kasch denn ganz schä abfeschte. I denk denn an di, wie du grad am Schneeschufle bisch." „Jo Xaver, was machsch nocher wenn de Schnee ersch kut wenn du wiedr do bisch? Fahrsch nocher glei wiedr uf Kambotscha?"

# Schternenacht

Mien Kopf isch gfüllt mit Musik,
ibr mir a helle Nacht,
dia unbekannte Liechtr,
wear hot deas alls bloß gmacht.

De Orion und d' Jungfrau,
d' Milchschtross, de klui Bär,
viel it zum begriefe,
zum vorschtelle so schwer.

Do dob, do isch so Vieles,
wo ma it erkläre ka,
as sind Momente,
wo 's Leabe schtonde bliebt.

Ma ka do dinn ebbs finde,
so ganz fir sich allui,
ma dreimt vu freamde Wealta
und fühlt sich elend klui.

Wenn uin ebbs num los loht,
uf dear vrruckte Wealt,
deas kasch denn schnell vrgeasse,
beim Blick in's Himmlszealt.

Oft wenn in Himml guckesch,
denksch, was blinkt do zwischenie,
mached dia hure Flieger,
mien Schternehimml hi.

I ho mir allad gwunsche,
do dob sot alls so bliebe,
doch d' Wealt isch größr worre,
mit dahui isch ma numm zfriede.

So wird sich vieles ändre,
wo ma it erkläre ka,
as sind Momente,
wo 's Leabe schtonde bliebt.

## Schtubemusik

Fir d' Huizebacher Jodler
a ganz a schtrenge Zit,
Advent, deas isch im Allgäu
was bsunders no fir d' Lit.

Harfe, Hackbrett, Zithr
und dr Bass ,dear groß,
all's nie i de Karre,
denn goht 's Renne los.

'z Geschtratz i de Halle
hot de Feneberg a Fescht,
do sottet se kurz schpiele
fir d' Agschtellte und Gäscht.

Schnell gsunge bis um Simmne
und denn noch Schtaufe numm,
deas Lied vom schtille Dörfle,
do duat ma it lang rum.

So goht as bis um Zehne,
dia schtille, schtille Zit,
's isch all Johr wiedr schä,
obwohl s'es fascht numm git.

Denn hocketse no zemmed,
singed Liedr ganz allui
und ma gschpiert jetzt i dr Schtube,
isch d' Schtille no dahui.

# Helle Weihnacht

Wieso wird d' Wealt zmol griele hell,
was kut denn uf is zua?
Ma beleichted jede Gartedier,
ma hot jo Schtrom grad gnua.

Bei Grubers hond se vorna na
an große Schlitte gschtellt.
Dear leichted mit so taused Watt
bis nab an Zendlers Feald.

Bei Schittebichlers sind vier Engl
mit ra Schnur an Giebl bunde.
Und Kloose heatzed am Balkon
mit am Rentiergschpann vrbunde.

Wo ma naguckt, blinkt as wild
us allna Fenschtr russ.
Mit Scheinwerfer und Lichtrschleich
beleichted ma jeds Hus.

Jo Wiehnächte, a vrruckte Sach,
im Liecht sott alles schtong!
Du wirsch so blendet, dass vrgisch
in dir dinn leichte long.

As kut sichr it druf a
wie hells um 's Hus rum isch.
An Wiehnächte deas schönschte Liecht
isch a Kirze uf'm Disch.

A Schtube und vier oigne Wänd,
a Gschicht, an Wintrdromm
mit Schnee und ibrschneite Danna,
im Eck an kluine Bomm.

**GALERIE UFM LAND**
Goßholz 43
88161 Lindenberg

Tel. 08381/2955
E-Mail: werner@werner-specht.de
www.werner-specht.de

## WERNER SPECHT Maler Musiker

**Preise**

1982 Sieben Schwaben Preis
1992 Kleinkunstpreis
1993 Kulturpreis der Stadt Lindenberg
1993 Poetentaler der Stadt München
1993 Songpoetenpreis Kloster Banz
1997 Verdienstmedaille des Landkreises
2002 Förderpreis der Dr. Dazert Stiftung
2006 Westallgäuer Huimatpreis
2008 Allgäuer Ehrentaler

## Bisher erschienene Bücher

Wie schön, ein Jahr zu spüren
Sehnsucht nach dem Winter
Wenn die Zeit träumt
Am Fenster geht ein Jahr vorbei
Farben der Jahre
As git no allad a Liecht
Das Dorf am Ende der Zeit

**WERNER SPECHT und Gruppe**
Zahlreiche Rundfunk und Fernsehauftritte – Konzerte

**CD's (Werner Specht & Gruppe)**

Schtilla Winkl
Z'friede
I wet hui
As goht a Luft
Momente
Zwischen den Jahren
Zwielicht
Mach's jetzt
Bergwind
Morgesunne
Der andere Weg
Helle Nacht
Nochedenke
Westwind